マリアンヌ
ルーナ
アリューシャ
ピオーネ
モニカ

リアラ
ネイ
パン太
フラウ

「行こう。俺達全員であいつに勝つんだ」

経験値貯蓄で
のんびり
傷心旅行
~勇者と恋人に追放された戦士の無自覚ざまぁ~
6
Lemon Tokugawa
徳川レモン
illust. riritto

Chilling sentimental journey with Experience point saving

Character's

フラウ

ヒューマンサイズにもなれるフェアリー。

カエデ

トールを慕うビースト族の奴隷。

トール

勇者と恋人に追放された戦士。

サメ子

水中の活動に特化した眷獣。

ロー助

ロープ代わりにもなる攻撃型の眷獣。

パン太

物を運ぶのが得意な眷獣。

アリューシャ

エルフの女戦士。弓を得意とする。

ルーナ

グレイフィールド王国の第一王女。

ピオーネ

魔族の国アスモデウの侯爵。

Contents

Chilling sentimental journey with Experience point saving

プロローグ Prologue

奇妙な石像の並ぶ丘を越え、苔《こけ》の生えたドラゴンの骨を越え、さらに森の中に沈む遺跡群を越えて俺達《たち》は荒野へと至る。生き物らしい生き物もほとんど見かけない不毛な土地。風が吹く度に乾燥した砂が口の中に入って四六時中土の味がした。

「今夜は柔らかい寝床で寝られそうだ」

高所から覗《のぞ》く先に大きな街があった。

朽ちた現代ゴーレムから飛び降り仲間のもとへ向かう。

二人は先ほどと変わらず針が無数に生えた植物の近くに座っていた。

「お水です、どうぞ」

「サンキュウ」

カエデから水筒を受け取り喉を潤す。

水はひどくぬるい。それでも飲めるだけ幸せだ。この環境下で冷たい水など贅沢《ぜいたく》である。

相変わらず見上げた空には雲一つなく太陽は眩《まばゆ》く輝いている。降り注ぐ日光は針のようだ。たぶん本当に針なのではないだろうか。肌に受けると痛い。

立っているだけでじわっと汗が噴き出し気が遠くなりそうだった。

「あづ〜い〜」

「ぎゅ～」

フラウとパン太はぐでっとして今にも溶けてしまいそうだ。

日よけとしてフード付きマントを羽織っているからまだマシだが、それでも暑いことに変わりはない。

俺もこの暑さには参っている。

「カエデ～、涼しくして～」

「仕方ありませんね」

カエデの魔法でフラウ達を冷やす。

「あぁぁ、生き返るうううっ」

「だらけてないで行くぞ」

「主様はよく平気よね。カエデも。実は二人だけ遺物で涼んでいるんじゃないの？」

「じゃあマントの中に入ってみるか？」

「やた！」

「きゅう！」

隙間を空けてやると、フラウとパン太が喜んで飛び込む。

さぁ地獄を味わえ。天国などどこにもないのだ。

「あつぅう！」

「きゅぅう！」

入るやいなや泣きそうな表情で飛び出した。

やっと理解したか。そんな快適な物はないんだよ。

俺もカエデも暑さを我慢しているだけだ。

さ、行くぞ。もう街はすぐだ。

「置いてかないで～、動けないの～」

「きゅう～」

俺とカエデはすたすた先を進む。

「とけるぅう」

「きゅ～」

……世話の焼ける奴《やつ》らだ。

戻って一人と一匹を拾った。

第一章 ＞＞＞ 偽物と出会う戦士

ノックスフッド領ビープスと呼ばれる辺境の街に到着した。

ここは古《いにしえ》の魔王ベルティナが支配する地域である。いかにも強そうな名前だ。きっと厳《いか》つい大男に違いない。

街は思ったよりも整っていて、荒野のど真ん中にあるとは思えないほど。至る所に水路があって、地下水なのか綺麗《きれい》な水が流れていた。暮らしている住人は主にビースト族だ。他にもドワーフやリザードマンを見かける。意外にも魔族はほとんど見なかった。

「生き返るぅううう！」

「きゅう！」

冷たい飲み物を飲んだフラウが満面の笑みとなる。

適当なカフェに入ったのだが、当たりだったようだ。テラス席も良い眺めで冷たいコーヒーも仄《ほの》かに甘く実に美味《うま》い。何より屋根があるのがいい。

「ふぅ、汗と砂埃《すなぼこり》でべとべとです」

――！？？

カエデが胸元を濡《ぬ》れタオルで拭いている。

盛り上がった二つの丘と深い谷間。浮き出た汗によってみずみずしい果実のように映る。

カエデがハッとする。顔を赤くして腕で隠してしまった。

「あの、できれば見ないでください……恥ずかしいので……」

「悪い！」

慌てて顔を逸《そ》らす。

脳裏で本能のドラゴンが『眼福じゃ』といい笑顔だった。

「で、ここからどうするの？」

「とりあえず数日滞在してから発《た》つつもりだ」

この街での主な目的は情報収集。

偽の漫遊旅団について探る。それと観光&補給だな。

この先も荒野が続く。食料と水を大量に確保しておきたいところだ。


紙袋を抱えて市場を回る。

先を歩くカエデは尻尾を揺らしてご機嫌だ。

「初めて見るお野菜です。この土地特有の食材でしょうか」

「へー、面白い形をしてるな」

彼女は店主から調理方法を聞き出し数個購入する。

俺の持つ紙袋がまた膨れた。

「やはり私に持たせてください。ご主人様にそのようなことをさせては奴隷として申し訳ありません」

「気にしなくていいから。俺がやりたいんだよ」

「しかし……」

「だったらお礼に最高に美味い夕飯を作ってくれよ」

彼女は「はいっ！　頑張りますっ！」と狐耳《きつねみみ》をぴんと立ててやる気充分の返事をした。それから先ほどよりも熱心に食材を観察し始めた。熟考する彼女のお尻ではふわふわの白い尻尾が左右に揺れていて、彼女が一番楽しみにしているのが伝わる。

「はぁぁ、漫遊旅団!?　あんた達《たち》が！？？」

この声は、フラウか？

騒ぎは市場の外で起きているようだ。

俺とカエデは急いで向かうことに。

通りのど真ん中で、フラウと数人の男女がにらみ合っていた。

「あんた達が漫遊旅団なんて冗談でしょ!?」

「なんだこのフェアリー、いちゃもんつける気か！」

「つけるわよ！　本物なんだから！」

「お前が本物？　ぶふぅ！　それこそ冗談だろ！」

無精《ぶしょう》髭《ひげ》を生やした男とフラウが「あーん？」とメンチを切る。

フラウには情報収集を任せていたのだが。

「きゅう！」

「あ、パン太さん」

ようやく見つけたとばかりにパン太が飛んできた。

カエデの前で「きゅ、きゅうう、きゅう！」と説明らしき鳴き声をあげるもののさっぱり理解できない。まぁ、だいたいの事情は見れば分かる。

「あんた名前は何よ」

「俺はトールだ。漫遊旅団のトール」

「ぶふぅうう！　そのツラとナリで主様のフリ？　じゃあカエデとフラウはどこよ。ちゃんといるんでしょ」

「誰だそりゃ？　見たことも聞いたこともねぇな」

「あんたよくそれで漫遊を名乗れるわね」

だんだんと男とフラウの喧嘩《けんか》になる。

言い合いはヒートアップし、周囲の人々は足を止めて見物していた。

そろそろ止めないとまずいかもな。あの男が死ぬ。

「はいはい分かりました。じゃあどっちが本物か勝負しましょ」

「その喧嘩、買ってやるよ貧乳フェアリー」

「ぶ、ぶぶぶ、ぶち殺すっ！」

ハンマーを手に取ったフラウと剣を抜いた男が互いに構える。

戦いが始まるその刹那、俺は素早く二人の間に割って入った。

「カエデも止めてくれたのか」

「ご主人様ならこうすると思いましたので」

俺はフラウのハンマーを手で受け止め、カエデは男の剣を鉄扇で受け止めていた。

「ひぃ、主様!?」

「な、なんなんだよ、てめぇら!?」

青ざめた顔でガクガク震えるフラウ。

説教なんてするつもりはないのだが……とりあえずにっこり微笑《ほほえ》んでおく。

◇

偽の漫遊旅団とは意外にも早く打ち解けた。

ま、疑った詫《わ》びに酒をおごると言っただけなのだが。

謝罪をしたのはもちろん情報収集の為《ため》である。西にいると噂《うわさ》される偽の漫遊旅団が彼らかどうか確認したかったからだ。

「――ムカつく奴《やつ》らだと思ったが、良《い》い奴らじゃねぇか！　なっ！」

リーダーのトール――紛らわしいので以後トール（偽）と呼ぶことにする――はジョッキを片手にご機嫌だ。

トール（偽）は腰に片手剣を帯びていて、色白で痩せ型、妙に胡散臭《うさんくさ》い顔をしている。おまけにヒューマンですらなく猿部族だ。

仲間は三人。

体格の良い格闘家らしき魔族の男。

シーフらしき格好をしたハーフリングの男。

ローブを身につけた魔法使いらしきエルフの女。

ハーフリングは島にも沢山いたので見慣れている。小柄で手先が器用、俊敏なことから細工職人やシーフとして活躍する者が多い印象だ。駆け出しの頃に財布をすられたことがあって個人的にはあまり良いイメージはない。

「私はとても不愉快に感じております。漫遊旅団を名乗るばかりか、ご主人様の名まで騙《かた》り、偉業を己がしたことのように触れ回る。断じて許されることではありません」

「まぁまぁ落ち着いて。彼が俺の名で悪行を働いているなら大問題だが、今のところそんな雰囲気もないしさ。もう少しくらい様子を見てからでもいいだろ」

「ご主人様がそこまで仰《おつしや》るなら……承知しました」

普段は温厚なカエデが怒っている。

笑顔を貼り付けながら、黒い殺気が彼らへ向けられていた。よほど腹に据えかねるようだ。彼女は漫遊旅団であることを誇りに思っている節があるからな。

「他人の金で飲む酒はうめぇな！」

「まったくだ！」

「漫遊旅団になって正解だね」

「し～！」

俺は耳が良い。ひそひそ声ももちろん聞こえている。

口ぶりからするに狙って漫遊旅団を名乗っているのは確実のようだ。

ほろ酔いのリーダーがニヤニヤする。

「しっかし、漫遊旅団の名を騙るなんてよぉ。俺達が寛大だったから良かったが、そうじゃなかったら今頃ぐしゃぐしゃのミンチになってたぜ」

「それは怖いな」

「感謝しろよ。このくらいで見逃してやるんだからよ」

ぴきっ。

カエデの握ったグラスにひびが入る。変わらず笑顔だが、明らかに怒りを含んだ黒いオーラが出ていた。それを見たフラウとパン太は「あわわわ」と怯《おび》える。

頼むから今は我慢してくれ。

「実は俺達、偽者の漫遊旅団について調べているんだ。どんなことでもいい、何か知らないか」

「本物の――じゃなくて、偽者、有名な偽者なら知ってるぜ。リーダーはトールと名乗っている格闘家の女だ。言っておくが俺が本物だからな。勘違いするなよ」

有力な情報を掴《つか》んだと思った。

恐らくその女性はネイ。漫遊旅団を名乗る格闘家は彼女しかいない。

詳しく話を聞こうとして身を乗り出すが、男は手の平を見せて『これ以上は話せない』の態度をとった。

「ただでさえ偽者がいることに不快感を抱いているんだ。とても話す気分じゃないなぁ」

「じゃあどうしろと？」

「見たところなかなかできそうじゃないか。そこで一つ共同で仕事をしないか。報酬は折半、偽者の情報も提供する。金も情報も得られて一石二鳥だ」

取り引きときたか。

断る理由はないが……明らかに怪しい。

「狙ってる遺跡があるんだが、俺達だけで探索するにはちと骨が折れそうなんだ。そこであんたらの力を借りるってわけよ。ちょちょいっと手伝ってくれれば大金が手に入るぜ」

「そう言って騙《だま》そうとしてんじゃないの」

「おいおい、そりゃ言いがかりってもんだ。文句があるなら断ればいいだけだろ。それとも本物の漫遊旅団が信じられねぇってか」

彼らはニヤニヤしている。

なんとも分かりやすすぎて裏の裏があるのかと深読みしてしまいそうだ。

彼らに聞かれないようにカエデに声をかける。

「レベルは？」

「全員400前後です。この辺りではごくごく普通かと」

「オーケー、その提案受けるよ」

「期待してるぜ。ルト君」

ルトとは俺のことだ。トールが二人いるのは不自然なのでそれとなく偽名を伝えたのである。

パーティー名も極上毛玉団と自己紹介してある。

「……早急に消さないと」

カエデ、瞬《まばた》きもせず呟《つぶや》くのは止《や》めてくれ。

◇

街から十キロほど移動したところにそれはあった。

荒野にそびえ立つ巨岩。くりぬかれた入り口らしき場所には、ゆうに十メートルを超える多頭の亜竜の彫刻があった。

蛇のように長い首が六本、向こうでは見たことのない種類だ。

「あれは？」

「ヒュドラだ。心配しなくてもここにはいねぇよ」

古き時代、この辺りには大きな王朝があったそうだ。

彼らは亜竜ヒュドラを崇《あが》め生贄《いけにえ》を捧《ささ》げた。ヒュドラも彼らに応え、国を守護したのだとか。だが、どんな国家にも滅びはやってくる。栄えたその国は遠方より訪れた魔王によって一夜にして滅ぼされた。

「――ここはその時代の遺跡だ。一般的には神殿跡とされているが、俺は馬鹿でかい宝物庫だったんじゃないかと予想してる。その証拠に、未《いま》だにあるはずの宝物庫が発見されていない」

「わくわくする話だな」

「だろ？　俺の見立てじゃ間違いなく未探索エリアはある。そこには今も大量のお宝が眠っているに違いねぇ。一夜にして大金持ちだ」

リーダーは指で輪っかを作ってニヤニヤする。

冒険者というよりただの下っ端盗賊にしか見えないな。

俺の背後でカエデが「う～」と小さく唸《うな》っていた。まだ彼らを疑っているらしい。

「ご主人様は彼らに甘い顔をし過ぎです。いくら情報を得る為とはいえ、あのような連中を信用なさるなんて」

「信用はしてないさ。でも、端《はな》から疑うのも良くないと思っててさ。それにここに連れて来てもらっただけでも受けて良かったと思ってるよ。遺跡はロマンだからなぁ」

「主様は冒険が絡むと、大抵のことはどうでも良くなるのよ」

よく分かっているじゃないかフラウ。

目の前のわくわくに比べれば、俺達の偽者なんて些細《ささい》なことだ。

とはいえカエデの俺を想《おも》う気持ちは嬉《うれ》しい。感謝を込めて軽く頭を撫《な》でた。

「ごしゅじんしゃま～、んふぅ～」

「よしよし」

恥ずかしそうにしながらカエデは狐耳を垂れて尻尾を揺らす。

「主さま～、もう出発するみたいよ～」

「きゅ～」

遺跡の中へ入るらしい。

俺達も行かないと。

と、思ったが、カエデが立ち止まってもじもじしている。

「あの、ぎゅっとしていただけると……もっと嬉しくて、その、」

両手を広げると、カエデはぱぁぁっと表情を明るくした。

勢いよく抱きついてすんすん匂いを嗅ぐ。

「えへへ、ごしゅじんさま～」

幸せそうな顔に、俺も表情が緩む。

今日も俺の奴隷は可愛《かわい》い。


薄暗い通路を進む。

ぼんやり照らすのはカエデと魔法使いエルフが創った光だ。

「ずいぶん涼しいな」

「そうですね」

俺とカエデは並んで先頭を歩き、後方からは例の偽者が付いてきていた。

フラウとパン太はというと好き勝手に飛び回っている。発光する好奇心の塊が、心の赴くままに飛んでいるとでもいえばいいか。

遺跡内部は入り込んだ砂が無数の小さな山を作っていた。埋もれるようにしてあるのは屈強な戦士の像や壺《つぼ》。壁や床は岩を使用していて、触れてみるとつるりとした感触があった。加工技術は高かったようだ。

がこん。床の一部が沈み、壁から首を狙って刃が飛び出す。

俺は反射的に刃を頭突きで砕いた。

「今の見たかよ。罠《わな》を頭突きで防いだぞ」

「……そうだな」

「レベルいくつだよ」

「ちょっと、本当にあいつらからお宝を奪えるの？」

背後で声が聞こえるが意識は前方に向いていて頭を通り抜けていた。

また罠か。侵入者避《よ》けが多い遺跡だな。

宝物庫ってのもあながち的外れでもないのかも。

「砂と石像と壺以外、なーんにもないじゃない！」

「きゅ～」

ばりん。フラウが壁に壺を投げつけて割る。

こら、それにもちゃんと価値があるんだぞ。

「そうだわ、グランドシーフがあったわよね！　ジョブで探れば隠し部屋とか見つかるかも！」

フラウとパン太が俺のもとへ飛んで来た。

「お宝の反応は!?」

「きゅう！」

フェアリーとパン太が目を輝かせる。

確かにここらで一度確認しておくべきかもな。最も避けるべきなのは何も発見できず徒労に終わることだ。彼らから情報を聞き出す為にも収穫は必要だろう。

お、グランドシーフの嗅覚が反応している。

お宝かどうかは不明だが、俺にとって価値のある何かはあるみたいだ。

「あ」

がこん。

カエデが壁の一部を押してしまい罠が発動する。

「ひぃっ!?」

「に、逃げろ！　潰されちまう！」

「どこかに、どこかに隠れる場所が！」

「ぺしゃんこになるのはいやぁ」

前方の坂から馬鹿でかい鉄球が勢いよく転がってくる。

俺は片手で受け止め停止させた。

あちっ。摩擦熱でちょっぴり火傷《やけど》した。

四人は口を開けたまま固まっていた。


ざぁぁあああ。

閉め切られた部屋に大量の砂が流れ込む。

「砂が、砂が入ってくる!?」

「助けて。助けてくれぇ」

「こんな死に方いやだぁぁ」

「うふふ、みんなあっちで会えるわよ」

四人は抱き合って死を覚悟する。俺達は見合って首を傾《かし》げた。

どうしてこいつら、こんなにびびっているんだ？　壁を破壊するなり何なり、脱出方法はいくらでもあるだろう。それともできない理由があるのか。

「どうやらこの遺跡全体に特殊なコーティングが施されているようです。通常よりも数十倍も強度が上がっているようですね」

「こいつらには壊せないってことか？」

「だと思います」

へー、異大陸の遺跡は向こうとはひと味違って面白いな。

「主様、そろそろどうにかしないと生き埋めになるわよ」

「きゅう」

さすがに俺でも砂に埋もれれば死ぬ。

てことで、さっさと脱出するとしよう。

拳を真下に振り下ろす。

その瞬間、衝撃で砂が吹き飛ばされ隠れていた床が露《あら》わとなった。そのまま俺の拳は床をぶち抜く。床の底が抜け、砂と一緒に俺達は落下した。

「……全員、生きてるか？」

瓦礫《がれき》を押し退《の》け起き上がる。

暗くて周囲は見渡せないが、音の反響具合からして広い空間に出たのは確かだ。

しかし、埃臭くてたまらないな。

「けほっ、けほっ。いま明かりを」

カエデが魔法で照明を創った。

「おおお！」

「これはすごいですね」

真《ま》っ直《す》ぐ続く通路。両端には見上げるほどの大きな戦士の石像が等間隔で並んでいた。真上には穴があり高い天井から砂が落ちてきている。あそこから落下したようだ。

フラウとパン太は？　それに偽者も。

視線を彷徨《さまよ》わせると近くに例の四人が倒れていた。

「死んで……ないな。おい」

「あんた、ここは？」

トール（偽）は起き上がる。

他の三人もカエデに声をかけられ、それぞれ起き上がった。

「フラウとパン太はどこだ？」

「ここよ！」

通路の奥から眩《まばゆ》い光がやってくる。

あれはなんだ。

謎の魔物か？

違う、フラウだ。発光するフラウがパン太に乗って戻ってきたのだ。

「一緒に落ちたんじゃなかったのか」

「落ちたわよ。先に目が覚めて、周囲の状況を探ってたの」

「やるじゃないか」

「えへへぇ」

撫でてやるとにへらと顔を緩ませる。

さらにカエデに「ありがとうございます。フラウさん、パン太さん」と撫でられ、フラウとパン太はさらにだらしなく顔を緩ませた。

「行くぞ」

「おい、勝手に仕切るな。俺がリーダーだ」

「そうだったな。悪い」

石像の並ぶ通路を真っ直ぐ進めば大きな部屋へと出る。

部屋の中央には台座があって、金と宝石に彩られた豪華な箱があった。

「あれってお宝よね！」

「きゅう！」

フラウとパン太が箱へと飛んで行く。

俺達も行くか。

ばしっ。不意に肩を何かで叩《たた》かれた。

振り返るとトール（偽）が剣を握ったまま固まっている。

……ん？　剣？

「どうしてだ。斬れないぞ」

「なにしてんだよ、気づかれたじゃねぇか」

「やっぱり無理だって。こいつらおかしいもん」

「こっち見てる、ひぃ」

フラウの悲鳴が響く。

部屋の中に六本の首をもたげるヒュドラがいた。

なんだ、いるじゃないかヒュドラ。そうか、先に気が付いて剣を抜いていたのか。意外に良い奴らなのかもな。ちゃんと叩いて知らせてくれたしさ。

ただ、カエデは目を細めて彼らをじっと見ている。

「あいつら見た目は胡散臭いけど、実は良い奴らなんだよ」

「そうなのでしょうか？　いえ、そうなのですね」

カエデは怪訝《けげん》な表情だったが、すぐに切り替えて笑顔になる。

世の中には見た目で損をしている奴らもいる。

漫遊旅団を騙るのは感心しないが、もしかしたら深い事情があるのかもな。

「この、この、避けるな」

「きゅきゅ！　きゅ！」

「五月蠅《うるさ》いわね、ちょっと黙ってて！」

フラウがハンマーを振ってヒュドラを倒そうとするが、六本の長い首を器用に動かし素早く攻撃を躱《かわ》していた。見守るパン太は彼女に色々注意をしているようだが、上手《うま》く攻撃が当たらないせいでお互いにストレスだけが溜《た》まってゆく。

「フラウさん、上じゃなく下を狙ってください」

「下？　あ、そういうこと」

カエデの指摘にようやく気が付いたようだ。

首は六本あっても胴体は一つ。枝葉をいくら攻撃してもいなされてしまうのと同じだ。

叩くなら幹である。

「フラウ、こっちに飛ばせ」

「ブレイクゥハンマァァ」

飛んでくるヒュドラへ大剣をフルスイングする。

刃を当てた瞬間に予想と違った手応えが伝わった。

こいつ堅い。だったら――。

肉体強化スキルで筋力を強化。重ねてノーモーション瞬間最速によるゼロ距離からの打ち込み。

スッ、と刃が鱗《うろこ》を通過し胴体を両断。

ヒュドラは血しぶきをまき散らしながら床へ転がった。

大剣を鞘《さや》に収めて振り返る。

「怪我《けが》はないな」

「「「「…………」」」」

四人は心なしか青ざめた顔でこくこく頷《うなず》く。

「お宝とご対面よ！」

「きゅう～」

目を離した隙にフラウが宝箱を開けていた。

俺とカエデも箱の中をのぞき込む。

宝箱の中は空っぽだった。

……。

………。

うん、働き損だな。

「ご主人様、この箱かなりの値打ちものでは？」

「実は箱がお宝だったのかしら」

「きゅう？」

確かに箱は豪華だ。売ればそこそこいい値段になりそうだ。

しかし、俺のグランドシーフの嗅覚がまだ何かあると言っている。もっと奥。壁の向こうに何かある気がした。

いつも通りぶち破ってみるか。

どがんっ。壁が崩れ新たな空間が現れる。

「カエデ、光を」

「はい」

壁の向こうを照らしてもらう。

部屋の中央に大きな卵が一つだけ置かれていた。

「もしかしてこれ」

「強化卵ですね」

こんなところで手に入るなんて。

ロー助だけじゃなくサメ子も強化できそうだ。いや、チュピ美か？　少なくともパン太は対象外のようだ。卵を見るなり落胆していた。

「きゅ～」

「パン太さんは次の機会ですね」

「フラウが撫でてあげるわよ」

卵をつつくパン太は不満顔だ。

パン太を強化する卵もあればいいのだが。

「卵だけみたいだぞ」

「どうする？　眷獣《けんじゅう》の卵っぽいけど」

「無理無理、あいつらヤバいし！」

「大人しく渡して、さよならしましょ」

振り返ると、四人はニコニコしながら手をすり合わせていた。

「貰《もら》っても？」

「どうぞどうぞ！　俺達は宝箱を売った金額で充分です！　ああ、もちろん折半させていただきますよ！　そこは譲れない！」

「約束だから別に構わないが……本当に貰っていいのか」

「遠慮なさらず！　なっ、みんなもそう思うだろ！」

トール（偽）の声に三人が激しく首を縦に振る。

やっぱ良い奴らだな。強化卵を譲ってくれるなんて。

ひとまず卵はマジックストレージに収納した。

◇

帰還後、彼らと宝箱を売り払った金を折半した。

ヒュドラの素材も折半すると言ったのだが、なぜか断固として受け取らなかった。

そして、ギルド前で別れることに――。

「へへへ、今回は世話になりました」

「どうしてそんなに腰が低いんだ。もっと堂々としてたじゃないか」

「滅相もない！　旦那と俺とでは格が違う。ため口なんて千年早かったです。ああ、過去の自分を殴ってやりたい」

そこまで自虐的になる必要はないと思うが。

「それより偽の漫遊旅団の話を――」

「ひっ!?」

トール（偽）が何かに怯えて俺の陰へ隠れた。

突然のことに疑問符が浮かぶ。

彼の視線の先には二人の男女がいた。こちらには気が付いておらず、偶然通りかかっただけのようだった。どちらも紅《あか》い軍服のような服装をしており、漂わせる気配からなかなかの手練《てだ》れと見受けられる。

気が付けばトール（偽）だけでなく彼ら全員が俺達の背後に隠れていた。

なんなんだ一体。もしかして顔を合わせたくない相手なのか？

二人はこちらに目を向けず通り過ぎてゆく。

「なんなの、あれ」

「さぁ？」

さて彼らからネイの情報を、あれ？

「っていない!?」

「さっきまでいたのに!?」

「恐るべき逃げ足ですね」

「きゅう」

偽者は風のごとく消え失《う》せていた。

◇

物資を補給後、街を出発した俺達は再び何もない荒野をひたすら進んでいた。

蜃気楼《しんきろう》――というやつだろうか、地平線がもやもやして遠くの山が空に浮いた島のように見える。

乾燥していて非常に暑い。

この辺りは大型の魔物は住まないのか、小さな生き物しか見かけない。

「ぐえぇ、あぢぃ」

「きゅ～」

フラウを乗せたパン太もふらふら飛んでいて限界が近い。

カエデも言葉数が少なく黙々と付いてきていた。

不意に音がして振り返る。

カエデが倒れているではないか。慌てて駆け寄り抱き起こした。

「しっかりしろ」

「ごしゅじんしゃまが、三人に、みえますぅ」

しっかりしろ。俺は一人だ。

水筒を取り出し彼女の口にあてがう。

「ほら、水だ」

「ごくっ、ごくっ、ごくっ」

一心不乱に水を飲み続ける。

彼女の肌は汗でじっとり濡れていて、顔には白い髪が張り付いていた。

定期的に水分補給をさせていたはずだが足りなかったらしい。

「とりあえずあそこの岩陰で休憩しよう」

「すみません……私の為に」

カエデを背負って岩場を目指す。

「謝る必要なんてないぞ。主が奴隷の面倒を見るのは当然なんだからさ」

「ご主人様は奴隷に優しすぎます」

「ん～、横暴とまではいかないまでも、結構我儘《わがまま》に振る舞ってるつもりではあるんだが。最近はカエデにもフラウにも頼りっきりだしさ」

「まったく足りません。もっともっと頼っていただかないと。もっとです！」

「元気になったか？」

「まったく」

その割には声に力があるのだが？

けどいいや。このぐらいしか日頃の恩を返してやれないんだからさ。

お、そう言えばフラウとパン太はどうした⁇

立ち止まって振り返れば、一人と一匹が地面で果てていた。

「……おい、お前らもか」

「あるじさま～、むり～、とけりゅ～」

「きゅ～」

放ってもおけずフラウとパン太を紐《ひも》で縛り腰からぶら下げる。

岩陰までの辛抱だ。それまで耐えてくれ。

「……」

「フラウ？」

縛られたフラウはぐでんとしていた。虫の息だ。

岩陰に到着し、カエデを下ろしてからフラウとパン太を地面に寝かせる。それから水をぶっかけ、もういいってくらいに水分補給させる。

「無理はしなくていいからな」

「はい」

そろそろ食事もしておきたいが、俺もバテているのか食欲が湧かない。

この辺りは数ヶ月《すうかげつ》雨が降らないこともざらだそうだ。降ったら降ったで大雨になり無数の小さな川ができるとか。見てみたい気もするが、そうなると足止めは確実。できれば避けたい事態だ。

不穏な音が遠方より届き、そちらに目を向ける。

彼方《かなた》の空に黒い雲があった。

時折、ピカッと光り雷鳴が轟《とどろ》いた。

なんてタイミングだ。まさかここで大雨と出会うなんて。

二人と一匹をまとめて背負い、急いで手頃な場所へ避難することにした。

ゴロゴロゴロ。ザァァアア。

激しい雨と稲光。

洞穴《ほらあな》へ避難した俺達は、外の光景にただただ驚くばかり。

「すごい雨ね。びっくりよ」

「幾分涼しくはなりましたが、この大雨では足止めもやむを得ませんね」

「きゅう」

俺も初めて見るような雨だ。

止むことなど知らぬかのように降り続け、大地には幾筋もの小さな川ができている。この中を歩くのは無謀としか言いようがない。しばらくここで過ごすことになりそうだ。

穴の奥へ戻り湯気が立ち上る鍋をかき混ぜる。

気温が下がって肌寒いくらいだ。こんな日は体の温まるスープがいい。

ゴロロロロッ。

ひときわ大きな雷鳴が響く。

「ひっ」

カエデは尻尾を膨らませて硬直した。

ぱたぱた俺のもとに走ってくると、狐耳を押さえて背後へ身を隠す。

「雷が怖いのか」

「その、はい……」

不安そうに身を寄せるカエデに噴き出しそうになる。

カエデにも苦手な物があったのか。

そういや俺も小さい頃は雷が怖かったっけ。ニヤニヤした母さんが「雷様はおへそをつまんで内臓を引きずり出すのよ」なんて、ことある毎《ごと》に俺を脅していたのを思い出すな。

ぱりり。

火の近くで火花のようなものが散る。

……なんだ今の？

「フラウ、食事だぞ」

「はいはーい」

パン太と外を見ているフラウに声をかける。

俺は先ほどのことを忘れて二人へ器《うつわ》を渡した。


五日が経過しても雨は降り続けていた。

昼間なのに外は夜のように暗い。

地上を流れる水はかさが増し、大河のごとく大地を削る。

幸いにもここは高い位置にあるので浸水する心配はなかったが、やることがなくひたすら時間を持て余していた。

「るー、るるー、るーるー」

「きゅ、きゅう～」

「ちゅぴぴ～」

ヒューマンサイズで過ごすフラウは、入り口で足をぶらぶらさせながら外の様子を眺める。

その横で一緒に過ごすのはパン太とチュピ美だ。外ではサメ子が水たまりで水遊び、ロー助は水に耐える練習をしているのか雨の中を懸命に飛んでいた。

一つの毛布に包《くる》まる俺とカエデ。

カエデは俺へ体重を預け熟睡している。

まさかここまで一気に気温が下がるとは。

吐く息は白く肌寒い。

そっとカエデの頭に頬《ほお》を擦《こす》り付けてみると、サラサラしていて気持ちが良い。

さらに狐耳がモフモフしていて気持ちよさ倍増だ。

「ん」

狐耳がぴくんと反応した。

おっと、夢中になりすぎるとカエデを起こしてしまう。

ぱりっ。

地面に電気のような光が走った。

まただ。この前も同じ現象を見た。もしや見えない何かがいるのか？

竜眼を発動させると、そこには無数の半透明な生き物らしき何かがいた。

外見は虫のようで全体がぼんやり発光していた。至る所にそれは張り付いていて、飛んでいたり、ひっくり返ってもがいていたりと、自由気ままに振る舞っている。

……雷の精霊なのか？

他の精霊はいないのか確認するが、水と風の精霊は僅かに見かけるものの、火と土の精霊はどこにもいなかった。

「へくちっ」

カエデがくしゃみをする。

まだ寒いのだろうか。

彼女を抱き寄せ温めてやる。


一週間続いた雨がようやく止んだ。

水はみるみる引いてゆき、歩けるくらいになると世話になった洞穴を後にした。

空にはまだいくらか雨雲らしき雲も残っていて風も湿り気を帯びていたが、『休んだ分を取り戻す』とばかりに太陽がぎらぎら照りつけていた。

歩く度にじゃくじゃく、と音がして足が僅かに沈む。

未だに地面は濡れている。歩いた場所にはくっきり足跡が残っていた。

「たまには自分の足で進むのもいいわよね～」

「きゅう」

「なんですって？　運動不足が気になっただけってどういうことよ。べ、別にフラウは太ってないから。なんなのその目は！」

先を行くフラウは、ヒューマンサイズだ。

この一週間、食っちゃ寝を繰り返していただけに体重増加は避けられないことだろう。

実際少しつまめそうなくらい太った気がする。

しかし、指摘されるまで気が付かないようなほんの僅かな丸みの増加だ。

フラウは「全ての贅肉《ぜいにく》よ胸に集まれ」などと念じていた。本当に移動したら怖い。

「雨が降った後はいろんな生き物が見られますね」

「だな。これも絶景なのかな」

荒野に多くの植物が生えていた。

数多くの虫が這《は》っていて、どこに隠れていたのか中型や大型の魔物が姿を現している。

雨の後の荒野は驚くほど賑《にぎ》やかだ。

「あれはなんでしょうか」

離れた場所にドームのようなものが見える。形が歪《いびつ》なので建物ではないようだ。

近づいて見てみると巨大な頭蓋骨だった。他にもオリジナルゴーレムのようなものも見つけた。

巨大な剣や斧《おの》が大地に突き刺さっている。かつていた種族だろうか。大昔に巨人がいたと聞いたことがあるが、俺も含めて多くの人間はおとぎ話だと思っている。

本当にいたのかもな。もし生き残りがいたら見てみたい。

「こっちに実が生《な》ってるわよ」

「きゅ」

フラウの呼びかけに足を向ける。

背の低い樹《き》が生えていて、トマトのような赤い実が生っていた。

「食用として食べられるみたいですね」

「そんなのも分かるのか。鑑定って便利だよな」

実をちぎってかじる。

食感はトマトよりも柔らかくねっとりしている。

ほんのり甘く柑橘《かんきつ》のような爽やかな香りが口から鼻に抜けた。

「市場で見かけたのを思い出しました。こんなに美味《おい》しいのなら購入しておくべきでしたね」

「次に向かう街にも売ってるんじゃない？」

「もきゅもきゅ」

「あんた口元汚れてるわよ」

「きゅ？」

果実をもぐもぐするパン太の口元を、フラウは布で拭いてあげる。

「ご主人様、お口の横に汚れが」

ハンカチを取り出したカエデが口元を拭いてくれる。

恥ずかしくなって顔が熱くなった。


透き通った水で顔を洗う。

傍《そば》に控えるカエデからタオルを受け取り水滴を拭う。

「まさかこのような場所に湧き水があるとは」

「幸運だったよ。予想以上に水の減りが早くて少し心配していたんだ」

岩山に囲まれる隠れたオアシス。

ここから飛び立つ鳥の群れを目撃していなければ恐らく気が付かなかっただろう。

「あんたって間の抜けた顔をしてるわよね」

「ぱくぱく」

「きゅ！　きゅうきゅう！」

「ぱく～？」

水辺でフラウがサメ子と戯れている。

パン太はいつものように先輩風を吹かせようとするが、サメ子はよく分かっていないらしく、ぼんやりとした表情で口をぱくぱくさせる。

二匹の関係はずっとこうだ。先輩として尊敬されたいパン太と、まったく上下関係に興味がないサメ子。早く気づいてもらいたい。どうやっても同じ土俵に立たせてもらえないことを。相手が悪すぎるのだ。

俺は強化卵をマジックストレージから取り出す。

「今回はお前の強化だ」

「ぱく！」

サメ子を抱き上げて卵の頭頂部へと持って行く。

がぱりと六枚の蓋が開いて強化卵がサメ子を招いていた。

俺は卵の中へ、サメ子を放り込む。

蓋が閉じて脈動を開始した。


……。

…………。

……………。


一時間が経過。内部より大きな鼓動が聞こえる。

蒸気が噴き出し蓋ががぱりと開いた。

「サメ子？」

「ぱく」

サメ子がひょこっと顔を出した。

前びれを器用に使い卵から這い出て水場へと飛び込む。

強化後のサメ子は、体色がピンクから鮮やかな赤へと変わり、前びれは大きな手のような形状となっていた。相変わらずぬぼっとした顔つきは変わらないが。

水際に来ると前びれを俺に出した。

にぎにぎ。

「ぱくぱく～」

前びれを握ると嬉しそう。

やはり手のような役割があるのだろうか。

「きゅう！　きゅ、きゅ！」

「ぱく～？」

さっそく嫉妬したパン太が、サメ子に調子に乗るなとでも言っているのか鳴き声をあげていた。

もちろんサメ子はきょとんとした顔だ。

「やっかみは醜いわよ白パン。ここは先輩として我慢しなさいよ。いずれ主様が、あんたの強化卵も見つけてくれるから」

「きゅう……」

「そうそう、サメ子に謝りなさい。大丈夫よ、なんとなくだけどフラウには分かるの。白パンはとんでもなく強い眷獣だって」

「きゅ!?　きゅう!!」

元気を取り戻したパン太は、目をキラキラさせて俺の周りを飛ぶ。

早く卵を見つけて、と言っているようだ。

普段は全然構ってくれないのにこんな時だけ俺に甘えてくる。

白くてふわふわの仲間を撫でてやった。


オアシスで一夜を明かすこととなった。

すでにカエデもフラウもパン太も熟睡している。起きているのは俺とロー助、それから水場でちゃぷちゃぷ泳ぐサメ子だけだ。

ロー助は魔物が近づかないよう絶えず真上から周囲を監視する。

かさかさ。

小さな生き物の足音が聞こえた。

サソリがカエデに近づいていたのだ。ナイフを抜いて一突きで殺す。

ロー助の監視も完璧ではない。こういう小さな生き物はスルーしがちだ。

ぱきっ。ぱきききっ。

聞き覚えのある音が俺の中から響いた。

まさか今ので?

こんな小さなサソリだぞ??

《報告：経験値貯蓄のＬｖが上限に達しましたので百倍となって支払われます》
《報告：スキル効果ＵＰの効果によって支払いが二百倍となりました》
《報告：Ｌｖが３０００００となりました》

さん、まん……？

何度も数え直す。錯覚ではなく間違いなく3万だった。

うそだぁあああああああああああああっ！

こんなの俺は信じないぞ！　消えろ、一桁消えろ！

ステータスに表示される数字に消えてくれと強く念じる。まぁ、消えるわけないが。

3千台にようやく慣れたところだったんだ。今度は3万だって？　もう増えなくていいからそっとしておいてくれ。

「はぁぁ、せめて力を抑えられたら気も休まるんだが――力を抑える？」

脳裏にとある道具がよぎる。

マジックストレージに放り込んですっかり忘れていた。あれならもしかして。

ストレージを地面に開き道具を呼び出す。

それは鎖だ。三鬼将マッパが使用した『減力鎖』である。

一時的に使用者の力を大幅に減退させる遺物。たとえ高レベル者であろうとその効果から決して逃れることはできない。俺も使用されてずいぶん痛い目に遭った。

触れているだけで効果が発揮されるらしく大きく力が抜ける。

体感では3千台にまでダウンした感じだ。

これはいいな。これからはこれを着けて生活しよう。

何かの役に立つかもと密《ひそ》かに拾っておいて正解だったな。

とりあえず右腕に巻いて安堵《あんど》する。

大丈夫、まだ3千台だ。

3万じゃない。落ち着け俺。

◆◆◆

わたくし達は仲間を捜し遥《はる》か北へと来ていた。

馬に乗ったわたくしの後からベヒ一郎さんに乗ったモニカさんが付いてくる。

「寒くありませんか一郎さん」

「ぐる」

「お腹空《なかす》いたデース」

「貴女《あなた》少し前に、干し肉を食べられてましたわよね」

「新鮮なお魚が食べたいデース。もしくは分厚いステーキが食べたいデース。それからデザートは焼きたてのパイにしてほしいデースよ」

モニカさんは脱力しただらしない姿勢で返事をする。

加えて寒いのは苦手なようで、こんもり重ね着をした姿は冗談のように丸く、一度転がったらきっとどこまでも転がって行くだろうフォルムをしていた。

「ここはどの辺りになるのでしょうか」

「たぶんザウス領だと思うのデース」

「もっと分かりやすい説明をしていただかないと。こちらの地理には詳しくありませんの」

「もしや謝罪が必要デースか？」

「けっこうです！　自分で調べますわ！」

モニカさんが服に手を掛けたところですかさず手で制止する。

この方、隙あらば服を脱ごうとする。

正直その腰の低さは恐怖を抱かせますわ。いつ謝罪されるかひやひやさせられますの。

もしかして露出が趣味ですの？　狙って裸になろうとされていますの？

「寒すぎデース。本当にこんな場所に転移したのデースか？」

「それは分かりません。ですが、捜さないことには何も始まらないのも事実。今は発見に至らなくとも所在に関する情報が得られれば大収穫ですわ」

「思ったのデスが、どう考えてもアリューシャって人が戦犯デース。他人の家の床を踏み抜くなんてエルフにあるまじき行いデース」

わたくしはモニカさんの指摘を否定する。

「アリューシャさんは悪くありませんの。念の為にと思い調べたのですが、どうやら真下にあった遺跡が何度か崩落を起こし建物自体にガタがきていたそうですわ。お父様も早急に遺跡の調査を進め、屋敷を建て替えると仰っていました」

「マリアンヌのところも苦労してるデースね」

幌馬車《ほろばしや》がすれ違うと御者が驚愕《きようがく》の表情でこちらを見ていた。

通り過ぎた後も荷台に乗っている冒険者が身を乗り出し目をまん丸にしていた。

ベヒーモスはとても強い大陸の固有種のようで、このように騎乗するのはとても珍しいことだとモニカさんが仰っていました。

トール様のお力を示せているようで鼻高々。

ええ、淑女らしく態度には出しませんが心の中ではドヤ顔ですわ。

「今の見たデースか。みーんなびっくり顔でしたデース」

「ぷふっ」

モニカさんの正直な言葉につい噴き出してしまう。

彼女の素直なところが大好きですわ。

タールベール国ザウス領ミンスの街。

この街は冒険者の在籍数が多いようだ。至る所で防寒着姿の冒険者を見かける。雪の降り積もったこの寒さでも街は活気に満ちて賑わい、店から胃袋を刺激する匂いが白い煙と共に吐き出されていた。

モニカさんのお腹が鳴る。

「おなか減ったデース。ほら、あそこにスープのお店があるデースよ」

「あら、本当ですわね」

道の脇に大きな鍋をかき混ぜる女性の姿があった。

頬被《ほおかぶ》りをしていて顔はよく見えない。

近くに置かれた台車には森の幸が山盛りに置かれていた。スープを販売する傍《かたわ》ら材料である新鮮な食材も提供しているようだった。

「エルフの里に伝わる美味しいスープはいかが〜、ラーグスの森で採れた幻のキノコをたくさん入れてるよ〜、体の芯まで温まる極上のスープはいかが〜」

美味しそうですわね。食欲をそそられますわ。

特にこの寒さで食す熱々のスープは格別かもしれません。

ここのところ保存食続きで、そろそろ贅沢《ぜいたく》の一つもしたいところ。旅費はまだまだありますし少しくらいの出費は問題ありませんわ。

わたくしは店主に近づき声をかける。

「スープを二ついただけますか」

「毎度。ウチのスープは極上だ。せいぜい腰を抜かすがいい」

おたまで掬《すく》い上げるスープはやや黄みがかった透明、野菜も肉も触れたら崩れそうなくらいよく煮込まれている。目でも分かる美味しいスープ。

ふわふわ漂う白い湯気がより一層その瞬間を期待させる。

「どうぞ」

「ありがとう」

器を受け取ったとき店主と目が合った。

「…………マリアンヌ？」

「…………アリューシャさん？」

店主は現在捜索中のエルフだった。

彼女を知らないモニカさんは隣できょとんとして「スープはまだデースか？」と催促する。

「そ、んな、なぜここに」

みるみる目に涙を溜め、口をにゅわわと緩ませる。

かと思えば彼女はおたまを投げ捨て――――逃走した。

「モニカさん、確保です！」

「らじゃーデス」

飛び出したモニカさんがアリューシャさんの背中へ飛びつき、そのまま道のど真ん中でダイブする。

「放してくれ！　どうか見逃してほしい！」

「そうはいかないデース！　ぐぎぎぎ、見た目より力が強いデース！」

腰にがっちり抱きつくモニカさんを彼女は両手で押し、剝《は》がそうとする。ですが、レベル１００
０を超えているモニカさんは決して逃がすことはない。

わたくしは彼女を見下ろしにっこり微笑む。

「ふ、二人がかりなんて卑怯《ひきょう》だぞ……」

「逃げる方が悪いのですわ」

がくっと彼女は諦めるように脱力した。


黙り込むアリューシャさん。

ちらちら、こちらの様子を窺《うかが》いすぐに目線を落とす。

先ほどからずっとこのような調子で一向に会話が進まない。

テーブルに並んだ料理には一切手をつけておらず、マイペースに食事を進めるモニカさんによって刻一刻と消えてゆく。

彼女はあの事故の被害者。ホストであるわたくしを責めても逃げる理由などない。むしろ口汚く非難すべきなのだ。わたくしもそれを望んでいた。なのにこの状況はまるでアリューシャさんの方が罪人ではないか。

もし事情があるなら教えてもらいたい。

どのような悩みを抱えていようと必ず解決し彼女を故郷に帰す。

「黙ってても始まらないデース。早くゲロってしまうデース」

「そのような言い方はあんまりです。彼女は被害者なのですわ」

「被害者……？」

ぴくん、とアリューシャさんの体が跳ねる。

再び目元に涙が溜まり口がにゅわわと緩んだ。

それから腕で目元をごしごし拭い両手を揃《そろ》えてこちらへ差し出す。

……なんですのこの腕は？

「覚悟はできている。どこへでも連れて行って殺せ」

「仰っている意味が」

「捕まえに来たんだろ！　あの日、床を踏み抜かなければあんなことは起きなかった！　全部わたしが悪いんだ。合わせる顔がなく逃げてしまったが、いずれ裏切った報いは受けるつもりだった。

本当にすまなかった」

頭が痛くなってきましたわ。

ですが同時に納得もできましたわ。

彼女は人一倍責任感の強い方、状況的にもそう感じるのは無理からぬこと。きっと今日まで重い罪の意識を抱えながら過ごされてきたのでしょう。

不器用だけど優しく、誇り高い我が友人に思わず涙腺が緩みそうになる。

「あれはわたくしの責任ですわ。貴女は巻き込まれた被害者なのです」

「ごまかしはよせ。わたしが踏み抜いてあれは起きた。温情などかけず厳しく裁いてくれ。死刑だ。死刑を望む」

「聞いてくださいませアリューシャさん――貴女に罪などありませんの」

「やめてくれ！　すべてわたしが悪いんだ！　わたしにこのような鍛え抜かれた誰もがうらやむ美しい足がなければ！」

「イラッとしたデース。さっさと縛って連れて行けばいいのデース」

困りましたわね。どうにも話を聞いてくれそうな様子ではありませんわ。

このまま説得に時間を割いても納得してくださるとも思えませんし……強引ですがモニカさんの言う通り力尽くでトール様のところへ連れて行く方が早いかもしれませんわ。

「おとなしく連行されてくださいませ。えいっ」

「ふぐっ!?」

首に手刀を当てて気絶させる。

それからロープでぐるぐる縛りあげた。

◆

「――ここはっ!?」

街を出て数時間後、アリューシャさんは一郎さんの背中で目を覚ました。

「お目覚めになったようですわね。お腹は空いていませんか？」

「少し……」

直後に大きなお腹の音が響く。

ふふ、少しではないようですわね。

お顔も以前と比べ少しやつれた気がします。慣れない土地での慣れない生活、きっと筆舌に尽くしがたい苦労をされたに違いありませんわ。

アリューシャさんは恥ずかしかったようで泣きそうな顔になっていた。

「干し肉ですの。空腹を紛らわすくらいはできると思いますわ」

「すまない。朝から何も食べてなかったものでな」

彼女はあめ玉を舐《な》めるように干し肉を口の中で転がす。

現在向かっているのは、大陸中央に位置するデザフスト国である。トール様の進行ルートを予想したところデザフストが最も合流できそうな場所だったのだ。

「そろそろ野営場所を確保するべきデース。日が暮れてからでは面倒デース」

「ですわね。では、今夜はあそこにしましょう」

雪が残る山道を上った先に小屋があった。

馬から飛び降りたわたくしは扉を開けて中を確認する。

生活の気配はなく誰かが住んでいる様子はない。休憩用の山小屋だろう。

ひとまずアリューシャさんを邪魔にならないよう小屋の隅に置き食事の準備を始める。その間、モニカさんには燃料となる枯れ枝を集めに出て行ってもらった。

「皆は無事なのか……？」

「ルーナさんは見つけられましたわ。他の三人もアリューシャさんのようにどこかで元気にしていらっしゃるはずです。そうあってほしい」

「たとえそうだとしてもわたしの罪は消えはしない。過去に戻れるならやり直したい。なんて大きな過ちを犯してしまったのだ、わたしは。ひぐっ」

部屋の隅でどんより暗くなる。キノコが生えそうなジメジメ具合だ。

空気を変えなくては。わたくしはともかく付き添っていただいているモニカさんにご迷惑をおかけしてしまいますわ。

「アリューシャさんはどうしてあの街に？」

「長い話だ。聞いてくれるか？」

「ええ」

あの日、友人と楽しい時間を過ごしていた彼女は、強靱《きょうじん》でしなやかな美しすぎる足によって大きな罪を犯した。目を覚ますと記憶にない遺跡の中。外に出た彼女は吹雪荒れ狂う見知らぬ土地に呆《ぼう》然《ぜん》としてしまったそうだ。

あてもなく彷徨い続け、たどり着いたのがあの街だった。

それから生活基盤を手に入れるべく彼女なりの模索が始まった。

最初は薬草を集めて売っていたが、偶然森にある貴重な食材に目をつけて大当たり。がっぽり大金を手に入れた彼女は次の商売としてエルフ秘伝のスープを提供する店を始める。またもやこれも大当たり。そして、スープを提供するエルフの噂が領主の耳に入り、お抱え料理人にならないかと話が持ちかけられる。

「返事をする前に再会してしまうとはな、あの領主には悪いことをした」

「想像以上にたくましく生きていたのですわね」

「ところでなんだが、ここは一体どこなんだ？」

……今頃ですの？

呆《あき》れてついため息が出てしまう。

本当に生活の為だけに働いていたのですわね。発見できたのは幸運でしたわ。現れるのを待っていたら何十年とかかっていたかもしれませんもの。

「吹雪《ふぶ》いてきたデース。火をつけて暖まるデースよ」

戻ってきたモニカさんが枯れ枝を暖炉に置く。

それから魔法で火をつけた。

「お前、こっちに来るデス。そこだと凍え死ぬデース」

「痛い痛い、お尻が！　もっと丁寧に扱え！」

「……？」

「なぜ不思議そうにする!?」

モニカさんは拘束されたアリューシャさんを引きずって火の近くに移動させる。

同族だからでしょうか、気心の知れた友人のように打ち解けていますわ。

「ところで表の怪物はわたしを食べないよな？」

窓から中を覗《のぞ》く一郎に彼女は震えていた。

◇◇◇

「おめでとうございますご主人様！　3万到達のお祝いをしなくてはなりませんね！」

「いいよ。喜べる心境でもないしさ」

俺は歩きながら二人へ報告していた。

もちろんあの昨夜の馬鹿げたレベルアップについてだ。

3万なんて数字に未だに己の正気を疑っている。

「ふふん、これでますます主様に逆らおうって輩《やから》が減るわね。3万よ、3万。どんな敵もその数字にびびって裸足《はだし》で逃げ出すわ」

「ご主人様に刃向かう愚かな方々が減少することは大変喜ばしいことです。その上でご主人様の素晴らしさを理解していただけるともっと嬉しいのですが」

「看板とか作ったらいいんじゃない？　『レベル3万のトール様だ。全員ひれ伏せ!!』って書いた看板を掲げてさ」

「名案ですね！　まずは世間にご主人様を知っていただかないと！」

冗談じゃない。俺が目立つの嫌いだって知ってるだろ。

今まで通りレベルは隠す。化け物を見るような目で見られたくはない。

ずずずず、ずずずず。

地震だろうか。先ほどからやけに地面が揺れる。

ずっと足下がぐらぐらしていて変な気分だ。

「あの山、動いてない？」

遠くにある大きな山が僅かにだが移動していた。

まさか、いやでも。

「鑑定してみたのですが……どうやらあれは生き物のようです」

どう見ても山にしか見えないが？

こちらに向かっているのか歩みを進めるほどにそのシルエットがはっきりしてくる。

「「「…………」」」

見上げるその先に、巨大な正統種ドラゴンがいた。

レッドドラゴンに比べると全体的に骨太でがっしりとしている。

翼はなく、砂に汚れているせいなのかそれともそういう体色なのか、薄茶色の鱗に覆われている。

正統種らしく凶暴さを形にしたような顔つきだが、その目は穏やかで眼下にいる生き物には一切目をくれない。

正統種上位アースドラゴンだ。

俺達のいた島では古い書物にのみ記載された伝説の存在。

生きた姿を拝めるなんて。その圧倒的質量は男の子のロマン。歩くだけで感動だ。

「主様が気持ちの悪い笑みを浮かべてるけど」

「きっと嬉しいのでしょうね。上位の正統種は極めて珍しいですから。子供のようにはしゃがれるお姿も素敵です」

「あ、そう……」

アースドラゴンの背中には森があった。空を飛ぶ魔物の姿も見受けられ、さしずめ移動する魔物の楽園といったところか。

「ところでパン太はどこだ？　ずっと見かけないけど」

刻印に戻した記憶はない。

するとカエデとフラウが俺の背中を指さした。

「きゅう～」

「え、背中に張り付いてる？」

どうやら俺の背負う大剣が冷たくて気持ちいいらしく、ずっとくっついていたそうだ。

俺の武器は涼む為にあるんじゃない。

離れろ。くそっ、手が届かない。

◇

荒れたむき出しの大地は、進むほどに緑に覆われた肥沃な大地へと変わっていった。

連なった丸みのある山々は妙な懐かしさを覚えた。故郷にどことなく似た風景だったからだろう。

しばらく聞くことのなかった虫の音がやけに耳に残る。

「ああ、はわわ、でも、やっぱり」

隣を歩くカエデがずっとそわそわしている。

妙に落ち着きがなく、何度も景色を確認しているようだった。

「ちょっとカエデ、さっきからなんなの」

「そのですね、でもまだ確信が……」

「あーもう、うざったいわね！　さっさと吐きなさいよ！　早く吐け！」

「いたい、いたいですフラウさん！　とれちゃいます！」

「きゅう!?」

キレたフラウが、カエデの狐耳を引っ張る。

やめなさい。カエデが嫌がってるから。パン太もオロオロしてないで止めてくれよ。

俺はフラウを落ち着かせてカエデの頭から引き剝がした。

「見覚えのある景色だと思ったんです」

カエデが漏らした言葉に俺達は顔を見合わせた。

それってまさか。

とうとう来られたのか。

「カエデの故郷が近くにあるってこと？」

「だと思います。位置的にもこの辺りのはずですし」

「やったなカエデ！」

「ばんざーい！　おめでたねー！」

「きゅう～！」

「おめでたとは違うと思いますが、はい、ようやく戻ってきました」

俺とフラウとパン太は喜びはしゃぐ。

長い長い道のりだった。ようやく彼女の故郷にたどり着いたのだ。そうか、ここがカエデの。そう思うと不思議と特別な景色に見える。

「本当にここが故郷なら、この辺りに……」

カエデは道の脇にあった狐の石像を見つけるなり茂みへと分け入ってゆく。

追いかけた先には転移魔法陣があった。

「これってあれか？」

「はい。あちらと対になる魔法陣です。やはり魔力は尽きているようですね」

ラストリアの国境近くにあった魔法陣を思い出す。

カエデは魔力を注ぎ込み魔法陣を復旧させた。これでいつでも向こうに戻れるわけだ。

茂みから道へ戻り、目印となる狐の石像を眺める。

「大婆様《おおばばさま》が心配です。無事だといいのですが」

不安な表情をする彼女に俺は頷く。

突然、カエデが鼻を鳴らし振り返った。

「この匂いは」

「どうした――あれは？」

白い塊が猛スピードで道を駆けていた。

それは高く跳躍し、俺達の前へ滑るように着地する。

「オビ？」

「ようやく追いついた！」

白銀の狼《おおかみ》の背に天獣白狼《はくろう》一族のオビがいた。

彼は飛び降り片膝を突いて頭《こうべ》を垂れる。

「火急のご報告があり探しておりました。到着が遅くなってしまい申し訳ありません」

「謝罪はいいから。報告って？」

「はっ、白狐《びゃっこ》への襲撃についてでございます。トール様よりお話を受けたヤツフサ様は、ただちに現地へと赴き調査を行いました。その結果、九尾のタマモ様とその一族を保護することができた次第」

「大婆様が!?」

カエデの家族が生きている!?

良かった、本当に良かった。ヤツフサのじいさんに頼んだのは間違いじゃなかった。

お、おい、カエデ!?

安堵した為かカエデの足から力が抜ける。

咄嗟《とっさ》に彼女を抱きかかえた。

「申し訳ありません、気が抜けて力が」

「いいんだよ。良かったな、家族が無事だったんだぞ」

「はい。みんなが無事で……ううっ」

嬉しさの余り彼女は泣き顔になる。

オビの報告は続く。

「現在もヤツフサ様による直接指揮のもと、復興が進められております。是非トール様にもお越しいただければと」

「行くに決まってるだろ。そこまで案内してくれ」

「御意」

カエデを狼の背に乗せ、俺達はカエデの故郷へと進み出した。

オビは俺達の匂いを追ってここまで来たそうだ。

合流が遅れたのは荒野の大雨が原因だと彼は言った。匂いが流され一時は完全に足跡を見失ってしまったらしい。

メッセージのスクロールを使えばよかったんじゃ、と言ったら彼は「あ」と黙ってしまった。

しっかりしているようで意外に抜けている。

「――見てください！　村です！　眷属《けんぞく》の村！」

狼の背からカエデが嬉しそうに指を差す。

白狐の一族には眷属として狐部族が仕えている。白狼とは違いこちらでは主と眷属との交流が頻繁に行われており、カエデも眷属と僅かながら面識があるそうだ。

村に入るなり武器を持った住人が行く手を遮る。

「何用でこの村さ来た。タマモ様に危害加えようってんなら、おらさ達が相手になる」

「待て。この方々は敵ではない」

「あんたは――白狼のオビ様じゃねぇか」

オビを見るなり村人達は安堵した様子で武器を下ろす。

俺でも分かるくらいに村の空気はピリついていた。畑で作業中の者も手を止めこちらをじっと窺っている。事と次第によっては今にも飛びかかってきそうな雰囲気だった。

「彼の仰る通り我々は味方です」

カエデが優しく語りかける。

村人達は武器を地面に落とし大きく目を見開いた。

「艶のある美しい白毛、タマモ様とよく似たお顔……まさか貴女様は!?」

「お久しぶりです。カエデでございます」

「カエデ様はまだめんこい幼子で――そういえば境内が襲撃された時になんとか逃がされたって。本当に、本当にカエデ様か？」

彼女は母の形見である鉄扇を渡す。

老人はそれを受け取りじっと観察する。

「紛れもなくイチョウ様の持ち物。これをお持ちということは、やはり貴女は姫様なのですな」

「ご心配をおかけいたしました。このカエデ、ただいま戻りました」

「ああああああっ！　姫様、よくぞ!!」

一斉に住人がひれ伏す。

姫様と呼ばれカエデは少しむず痒《がゆ》そうだ。

「あんた達、カエデにばかりへーこらしてる場合じゃないわよ！　ここにおわしますはカエデの主様なんだから！　まず先に、こっちにご挨拶すべきでしょ！」

フラウが場の空気を読まず盛大に発言する。

住人がカエデとフラウの首輪に視線を向け、それから俺を睨《にら》んだ。

殺気立つ彼らは立ち上がって武器を抜く。

「我らが姫様を奴隷などに！　今すぐぶった切ってくれる！」

「おうよ！　不遜な輩は血祭りじゃい！」

「ヒューマンごときが偉そうな顔をしおって！　おめぇ何様だ！」

「姫様を解放するんじゃい！　ぶち殺せ！」

村人の殺せコールが始まる。

原因となったフラウは青ざめた顔で「あわわ」と震えていた。言わなければ穏便に済ませられたのに。

大剣の柄《つか》へ手を伸ばしたところでオビが住人の前へと出た。

「静まれ。ここにおわすは大口のヤツフサが認めし方なるぞ」

「しかし、姫様を奴隷にするなど！」

「トール様は龍人《りゅうじん》。この言葉の意味が分からぬ貴様らではあるまい。それでもなお刃《やいば》を向けるというのなら、このオビが相手をいたす」

「龍人!?　古代種!?　し、失礼いたしました!!」

住人は武器を放り出し再び平伏した。

ここでも古代種の威光は絶大のようだ。

ああ、また目立ってしまった。やむを得ないとはいえ辛《つら》い。

「ありがとうございます。本来なら私が諭さなければならない立場なのに。彼らには徹底的にご主人様の素晴らしさを伝えておかなければなりませんね」

「貴殿の主を想う心まことに天獣の鑑《かがみ》だ。ところでそのお話、是非わたしにもお聞かせ願えないだろうか。眷属の教育に役立てたい」

「オビ殿の忠節には頭が下がります」

カエデとオビがニコニコ会話をしている。

二人の俺に向ける絶対的信頼が痛い。

オビのカエデ化が加速している。

ほら、フラウとパン太がドン引きしてるぞ。

「参りましょうか、ご主人様」

「ささ、行きましょうトール様」

う、うん……。

◇

白狐族は小高い山の山頂に居を構えているそうだ。

上り続ける長い石階段は不揃いでぼこぼこしていて歪《いびつ》だった。

山頂に到着。階段の終わりには石でできた門のようなものがあった。門をくぐると広々とした敷地が目に入る。山頂は石畳が敷かれ木造の立派な建物が並んでいた。

建築中の建物では多数の白狼が作業を行っている。

「これが終わったら飯にするぞ」

設計図を持って指示を出すのはヤツフサのじいさんだった。

しかし、あの格好はなんだろう。紺色のだぼっとした服に、頭にははちまきを締めている。靴も見慣れない形状とデザインだ。

「ヤツフサ様、トール様がお越しになりました」

「おおおおっ！　こりゃあ失礼いたしました。出迎えもせずこのような場所にまで歩かせちまって。ウチほど綺麗な場所じゃねぇが、すぐにお茶をお出ししますんでゆっくりしていてください」

じいさんは満面の笑みで一礼した。

前にも感じたが、じいさんとカエデのばあさんは仲が悪いようだ。

言葉の端々にそれがにじんでいる。

「あの、ヤツフサ様、大婆様は……」

「ババアなら向こう側だ。そんな顔をするな。減らず口をたたけるくらいにはピンピンしてる。行って安心させてやんな」

「はい！　ご主人様、少しの間離れてもよろしいでしょうか？」

許可を出すと彼女はぱたぱたと駆けていった。

考えるまでもなく向こう側ってのは天獣域のことだろう。

白狐はここには暮らしていないらしい。

「階段を上がって疲れたわね。甘いものが欲しいわ」

「きゅう～」

「フェアリーの嬢ちゃんはタイミングがいい。ちょうど大福を作ってもらったところなんだ。もちろん食うよな？」

「大福ってなに!?　美味しいの！？？」

「きゅ！」

　フラウが目をキラキラさせた。


「んま～い！」

「きゅ～」

　フラウはぐにょーん、と白い菓子を咥《くわ》えて引き延ばす。

　変わった食感だが、甘くもっちりしていて癖になる。

　これ、どうやって作っているんだ？

「うめぇだろ。わしゃこいつが大好物よ。仕事の後の茶とこれは格別」

「長生きしてるだけあっていいもの知ってるわね。お礼にあとで肩たたきしてあげるわよ」

「ほう、そいつはいい。そんじゃあ、もう一個やる。沢山食えよ」

「やたー！　ありがとうおじいちゃん！」

「うんうん、子供はこのくらいがかわええの」

　見た目に騙されるな。そいつは二十八だぞ。

　湯飲みを摑んで茶を喉に流す。香りが良く程よい渋みにほぅと息を吐いた。

「どうしてまた、じいさん達が建ててるんだ」

「ん、まぁ、あいつらにもできなくはないだろうが、なんせどいつもぼろぼろでひどい有様での。

しかたなーく、この仕事を引き受けてやった。あのババアとは腐れ縁だしのぉ。見るに見かねてってところだ」

「なんだ仲いいのか」

「違うわい！　しかたなくじゃい、しかたなく！」

照れなくてもいいのに。素直じゃないな。

俺は大福を食いながら階段の最上部から麓を見下ろす。

良い景色だ。

のどかでずっといたくなるような場所。

カエデはこの景色を見ながら育ったのかな。

「トール様でございましょうか」

振り返ると顔に白い布をかけた女性が三人いた。

彼女達はいずれも白い狐耳と尻尾を有しており、その身に白い上衣と赤い裾の長い下衣を身に纏《まと》っている。

「そうだ」

「タマモ様がお呼びです。案内いたしますので、どうか後に」

女性達は大きな鏡の収められた古びた小屋へ案内した。


その鏡は通り抜けることができ、その先は闇に覆われた竹林だった。

真っ直ぐに続く道には点々と楕円形《だえんけい》のぼんやりと光る照明器具が並んでいる。見上げると竹の間から星空が見えた。

常夜《とこよ》の天獣域。

ぬるい風に揺れる葉のざわめき。怪しい気配がじっとりと体にまとわりつく。

「なんか、すっごい見られてる感じ」

「きゅう」

竹林の向こうで紫の炎がゆらゆら揺れる。

「お気を付けください。ここには物の怪《もののけ》がおりますゆえ」

「私達から離れると食われるやも」

三人の女性は何が可笑《おか》しいのか、くすくす笑う。

物の怪、つまり魔物がいるのか。どんな魔物だろう。気になるな。

「なぁ、今のやつ見てきてもいいか」

「ご冗談を。そのような時間は――え」

俺の手にはすでに紫の炎に包まれた頭蓋骨が握られている。

近くにいた奴を摑んで戻ってきたのだ。

アンデッドだと思うが記憶にない。しかも炎も幻ではなく実際に燃えている。竜眼を使用せずに摑めている点からも、スケルトン系統のアンデッドだと考えられる。

「魔界しゃれこうべが……いともたやすく……」

「面白い名前だな」

「うわぁ、頭蓋骨が燃えてる」

「きゅう」

ぱっと放せば、魔界しゃれこうべは泣き声をあげて逃げる。

ここは他にも色々いそうだ。散策しがいがありそう。

「す、すこしはできるようですね、カエデ様がお連れになった御仁なだけあります。しかし、あれを素手で摑むとは……」

案内の女性の声がうわずっている気がした。

もしかして捕まえちゃダメなやつだったか？

そのタマモが飼ってる魔物とか？

「では、付いてきてください」

歩き出した女性達を追った。

◇

不思議な場所をいくつも通り抜けた。

火の玉が無数に飛び交う墓場。

黒い岩のような塊が点在する草原。

カエルのような鳴き声が響く沼地。

数え切れない狐の石像が並んだ十字路。

崩れかかった猿と狸《たぬき》の像。

白い花が咲く草原へたどり着いたところで、この案内も間もなく終わる気がした。

再び景色は竹林へと戻り、木造の大きな門へと到着する。

「お客人、ご案内いたしました」

「開門願い」

「開門願い」

女性達の声に反応し、まだ真新しい大きく分厚い扉がぎぎぎと開く。

扉の向こう側には立派な屋敷があった。

三人の案内人は沈黙したまま奥へ。


「ここでお待ちを」

部屋に通された俺達は、雅《みやび》な絵が描かれた襖《ふすま》の前に座らされる。

すっと、襖がひとりでに開かれた。

奥にいたのはカエデによく似た顔の少女だった。

歳《とし》は十四ほどに見え、幼い外見とは対照的に妖艶さを滲《にじ》ませている。

床に付くほど長い白髪。日に当たる機会が少ないのだろうか、肌も白く色鮮やかな着物が非常に映えていた。そして、どうやっても目に入るのが大きな九本の白い尻尾だ。

「俺はトール。こっちはフラウで——」

「自己紹介は不要。クソジジイから聞いてる」

彼女がカエデの大婆様だろうか。

それにしては若い。てっきりおばあさんだとばかり。

「遥々《はるばる》カエデを届けてくれたこと、ひとまず礼を言うよ。そろそろあの子の準備もできた頃だろう」

「失礼いたします」

カエデが静かに入室する。

いつもの格好ではなく品のある色鮮やかな着物を身に纏い着飾っていた。

カエデはタマモの横に座り深く頭を下げる。

洗練された所作は見る者を沈黙させる。

今まで一緒にいた彼女は幻だったのでは、などと思うほど現実味のない空気を纏っていた。育ちが良いなんてレベルじゃない。まさしく姫だ。高貴な育ちの御方《おかた》。

「病魔に蝕《むしば》まれ死に逝く運命だった私をトール様は救ってくださいました。居場所を与えてくださり、愛情も、力も、仲間も。そればかりかこうして故郷にまで。貴方《あなた》様があの日、私を見つけてくださらなければ今頃ここにはいなかったでしょう」

「うん、まぁ、俺もあの時は病んでたから……」

「白狐次期当主として深く感謝申し上げます」

改めてお礼を言われると照れくさいな。

普段とは雰囲気も違うし。

「助けた上に立派に成長させて、あたしのところまで戻してくれたんだ。良い働きをしたよ。さぞ長旅だっただろう、疲れが癒えるまでしばし過ごすといいさ」

なんだろう、タマモの言葉に違和感が。

カエデがすかさず口を挟む。

「大婆様、先にもお伝えしたはずです」

「なんの話だったかね。あんたがここへ戻り一族はようやく安心できた。この男も褒美として一生かけても使い切れない財を貰い喜ぶ。全て万々歳じゃないか」

「そこに私の気持ちが入っておりません！　ここへは顔を出しに寄っただけ。トール様と旅に出るとお伝えしたはずです！」

ああ、そうか。タマモはカエデを返すつもりがなかったのか。

さすがカエデだなぁ、俺でははっきり気づけなかった。

「ちょっと、フラウ達からカエデを奪うつもり!?」

「きゅう！」

「奪うなんて人聞きが悪い。元々この子はあたしのものだったんだ。この子の行く道はあたしが決める。赤の他人が横から口出しするんじゃないよ」

「大婆様！」

「すでに決定事項だ。あんたはここに残り跡取りとなる。旅なんてさせるもんか」

カエデの言う通りになったってことか。

しかも予想以上に頑《かたく》なだ。

「話は終わりだ」

そう言い残しタマモは部屋から出て行った。

とりつく島もない。

「申し訳ありません。戻ってきてからずっとあの調子で」

「いいさ。地道に説得しよう」

部屋の外で人が倒れたような音が響く。

何事かと慌てて廊下側へ出ると、先ほどまでピンピンしていたタマモが力尽きるように倒れているではないか。

「大婆様!?」

「今すぐ寝かせよう。フラウは人を」

「了解よ」

俺はタマモを抱きかかえ部屋へ急ぐ。

襲撃者により与えられた傷は考えていたより深かった。

本来であれば動くこともままならない状態の彼女は、無理を押して平時のごとくカエデを迎えたのである。

寝室で伏せるタマモは苦痛の表情を浮かべ大量の汗をかいていた。看病をする白狐の女性は桶《おけ》でタオルを絞り額のタオルと取り替える。

「大婆様はどのような状態なのですか」

「もうしばらくの安静が必要です。ただ、傷よりも呪いの方が――」

「ヨモギ、言うな」

うっすら目を開いたタマモは弱々しい声を発した。

「大婆様!?」

「心配しなくていい。このくらいで死ぬようならとっくにくたばっていたさ。お願いがあるんだけど、そこの坊やを残して全員出て行ってくれないか」

「でも」

「お願いだよ」

渋々カエデ達は退室する。

残された俺はどのような言葉をかければいいのか分からず沈黙する。

「こう見えてあたしは老い先短い老いぼれさ。できることといえば、イチョウが遺《のこ》したあの子に今ある全てを授けることくらいさ」

「イチョウとはカエデの母親のことか?」

「とても賢い子だったよ。病気で死ななければ一族はあの子が継いでいた。あの子は死の間際、あたしに頼んだんだ。カエデを頼むと。あたしにはあの子を立派な長《おさ》にする責任があるのさ」

それはまるで自分に言い聞かせているようであった。

今までカエデが付いてきてくれる前提で考えていたが、それは果たして本当に正しいのだろうか。きっと望めばカエデは強引にでも付いてきてくれる。けど、残されるタマモはどうなる。約束を果たせずさらに辛い時間を過ごすことにならないか。説得する以前に俺は彼女のことを知らなければならない。

「呪いってのは？」

「やっぱり聞こえてたかい」

「おい」

彼女は体を起こし白い衣をはだけさせる。

ど、どど、どうして脱ぐんだ!?

と慌てたのも束《つか》の間、露《あら》わになった彼女の背中には黒い痣《あざ》があった。

「こいつは『削命《さくめい》の黒手《こくしゅ》』っていうんだ。じわじわ弱らせ散々苦しませた後に、命を刈り取る最悪の呪い。もらったら最後、死を待つしかない」

「襲撃者にやられたのか」

沈黙。答えるまでもないと目が語っていた。

痣は背中の大部分に広がり、会話をしている現在も蝕み続けている。

タマモは衣を着直し背中を隠した。

「どのくらいもつんだ」

「さぁね。早ければ一年、長くて三年ってところだろう。あたしがあの子を手放したくないってのはこれもある。くたばる前に当主にふさわしい教育を施さなきゃなんないんだ」

「どうして俺に？」

「あの子のご主人様なんだろ？」

なるほど。俺から説得しろと。つまり俺にカエデを諦めろと言っているのか。

全てタマモの作り話って線もなくはない。しかし、事実ならカエデの意思を無視してまで引き留めようとする彼女の言動にも納得がゆく。

「だいたいあたしは古代種が大嫌いなんだ。弱ってなくても許しはしなかったさ」

「気づいていたのか」

「とにかく話は終わりだ。あの子を送り届けてくれたお礼はする。数日程度なら滞在も許す。だけどこれ以上惑わすようなら実力行使する」

彼女は「出て行っておくれ」と部屋から追い出した。

第二章 ＞＞＞ 戦士と戦神の再訪

旅の汚れを落とすべく風呂へとやってきた。

脱衣所を抜ければ湯に浸《つ》かるヤツフサとオビの姿があった。

「おう、お先に入らせてもらってる」

「俺よりじいさんの方が働いてるからな。先にいただくのは気が引けていたんだ」

木製の椅子に座り頭と体を洗う。

湯を頭からかぶって全て流せばすっきり。

夜空の見える風呂へ身を沈めた。

「外の風呂か、景色も見えてテンションが上がるな」

「白狐《びゃっこ》の露天風呂は昔から格別じゃい。たまーに入りたくなってここまで来るんじゃが、あのババア高い入浴料をとりやがる。こんなことでもなけりゃタダで開放なんてせんだろう」

なるほど、工事を引き受けた理由にこれもあるのか。

白狼《はくろう》の風呂も良かったが、ここもひと味もふた味も違っていい。

じいさんは縁《へり》の岩に背を預けた。

「あれだ、ババアのことは気にするな。襲撃で気が弱くなってるだけだ。いざとなればわしが説得してやる」

「……」

「なるほど。現状を聞いちまったのか」

じいさんは湯で顔を洗い髪を掻《か》き上げた。

「呪いを解くことはできないのか？」

「あれには解呪薬は効かねぇ。解く方法は二つ。呪いをかけた相手に解いてもらうか、その相手を殺すしかない。幸いどこのどいつかははっきりしている。削命《さくめい》の黒手《こくしゅ》を使える奴《やつ》は一人しかいねぇからだ」

「そいつは？」

「古《いにしえ》の魔王の一人。イオスだ」

ここでその名が出てくるなんて。

だが、奴がカエデへ向けた意味深な視線も腑《ふ》に落ちる。

「忘れた頃にやってくるなんて相変わらず根性がひん曲がってやがる」

面識があるってだけの口ぶりではない。因縁がある者の口調だ。

じいさんは見上げて遠くを見つめる。

過ぎ去った遥《はる》か過去を思い返しているようだった。

「遠い遠い昔、この世界では大きな戦争があった。始めたのは龍人《りゅうじん》。多くの兵器と種族が投入され戦いは数百年続いた。どこを歩いても屍《しかばね》の山、ありゃまさに地獄だった」

「龍人は何と戦っていたんだ？」

「同族だ。よくある思想の対立。どっちが始めたのかはもう分からん。わしが生まれた時にはもうばちばちやってたからなぁ」

数百年続いた戦争の前に数千年続いた戦争があったそうだ。つまり龍人だけの戦争が一度終わり、そこから他種族を巻き込んだ戦争が始まったのだ。

じいさんは種族を巻き込んだ戦争——第二次が始まる直前に生まれたそうだ。

「わしらは龍人に従い人型兵器や他種族を率いて戦場を駆け巡った」

「もしかして……」

「おうよ、敵側にいたのが今の古の魔王共だ。その中にイオスの野郎もいた」

白狐の一団を率いるタマモにイオスは幾度となく敗れたそうだ。

左腕が義手なのもタマモに引きちぎられたからだとか。

「戦争は突然終わった。拍子抜けなくらいあっさりと。指示を出していた両陣営の龍人が全て消えたからだ」

「消えた？　どこへ？」

じいさんは空を指さす。

俺は首を傾《かし》げた。

「空に行っちまった。理由も行き先も告げずな。わしらは武器を捨て終戦を決めた。続けようと思えば続けられた。積もりに積もった恨みがあったからな。それでもやらなかったのは、どちらも疲れ果てていたからだ」

もしかするとイオスは永い時をかけて恨みを晴らそうとしているのかもしれない。もしくは別の狙いがあってそう見せているのか。奴の去り際の言葉も気になる。

「タマモを助けるにはイオスを倒すしかないのか」

「そいつは難しい話だ。わしとババアが協力すればなんとか倒せるかもしれんが……あの状態で満足に戦えるとは思えん。それより三年待つだけで嬢ちゃんとはまた会えるんだ。ババアのやりたいようにさせてくれないか」

そのあたりが妥協点なのかもな。タマモも一生会うなとは言っていない。

当主になれば今までのように旅をすることはできなくなるが、いつでも会うことはできる。問題なのは気持ちの整理だけだ。

◇

金槌《かなづち》の音が響く。たった数日で建物の大部分ができていた。

本堂というらしいが、元々そこに天獣域の入り口である鏡が置かれていたらしい。俺も手伝いとして眷属《けんぞく》の村からここまで木材を運ぶ作業をさせてもらっていた。

「ここに置いておくぞ」

「おう」

カンナなる道具で木材の表面をするする削る。それからノミなる道具で穴を開けた。

彼らの手つきには迷いがなく、加工を施した角材を持ち上げたかと思えば、建物の上にいる者へ放り投げる。受け取った者は担いだまま細い足場を苦もなく歩き、角材を予定していた箇所へと数人ではめ込んだ。

戦うしか能がない俺にはできない技だ。

「ご主人様～」

カエデが包みを抱えてやってくる。その背後には監視役らしき白狐の女性の姿もあった。

俺がカエデを連れて逃げないか警戒しているのだ。タマモは警護をさせていると言っていたがどう考えても建前だ。信用がないのは辛《つら》いな。

俺とカエデは日当たりの良い縁側に腰を下ろし包みを開く。

中にはおなじみとなった大福が入っていた。

どこからともなくパン太を連れたフラウが現れ、満面の笑みで大福を摑《つか》む。

「あむぅ、おいひい」

「きゅう」

よく飽きないよな。美味《おい》しいのは間違いないけどどこう連続だと。

それはそうと別の問題もある。

「……太ったよな？」

フラウは笑顔のまま固まる。

以前よりも二回りほど大きくなった気がする。腕も足も。腹なんか大きくなりすぎてヘソが見えてる。

ここ数日、歩いている姿をよく見かけた。重くて飛べなかったのだろう。

「き、きき、」

「き?」

「気のせいじゃないかなぁ！　フラウはちゃんとスリムだよ！」

うーん、そうなのか?

別にいいんだけどな。太ったからって何かあるわけでもないし。

フラウは青ざめた顔でだらだら汗を流す。

「もう大福はいいわ……」

「きゅう!?」

「あんた食べなさいよ」

パン太が驚きで目を丸くした。

あのフラウが、あの菓子に卑しいフラウが、パン太にあっさり渡したのだ。

「そこのフェアリー、少し見ないうちにずいぶん丸く肥えたねぇ」

「肥えた!?　フラウが!?!?」

ふらりと現れたタマモがフラウを見て言い放つ。

やっぱ太ったのか。目の錯覚じゃなかったんだな。

タマモはカエデから離れ俺を手招きする。

「少し聞きたいことがある。坊やはイオスと会ったそうだね」

「ここに来る少し前にな」

ビックスギアであった出来事を詳細に伝える。

聞き終わったタマモは考え込むように黙り込んだ。

「あれの狙いはあたしじゃなかったようだね」

「というと?」

「そのセインとやらを復活させた【反魂蟲《はんごんちゅう》】。十中八九ここに保管されていた物だ」

それから記憶の糸を辿《たど》るように話を続けた。

「あれは敵が開発していた何かの道具だった。戦後、処理に困ったあたしは厳重に封印を施し宝物庫の奥に隠したのさ。荒らされた形跡がなかったから狙いはあたしら白狐だとばかり」

どこからか情報を摑んだイオスは里を襲撃しまんまと奪取に成功した。

そして、道具を使ってセインを蘇《よみがえ》らせた。

「確認するが、反魂蟲とは死者を蘇生《そせい》させる遺物なのか?」

「ずいぶん昔のことだからどんな道具だったのかはっきり思い出せないね。ただ、研究自体は未完成だった記憶がある。効果も反魂とは少し違ったような……」

あいつはあえて危険を冒して未完成品を手に入れたのか。

ますます狙いが見えないな。

「おい、何があった!?」

ヤツフサの声にこの場にいる全員の視線が集中する。

階段を上がり終えたすぐの場所で血まみれの狐《きつね》部族の男性が倒れていた。

誰よりも早く駆け寄ったカエデはスキルを使用して傷を癒やす。

「なぜこのような深手を」

「敵が、敵が村を」

「何者なんだい？　人数は？」

タマモが問う。

「イオスと名乗る男が一人で――」

彼がその名を発した途端、境内を強烈な冷気が覆う。渦を巻き稲妻が走った。

発生源はタマモとヤツフサである。鉄扇を抜いたタマモから極寒の風が、拳を鳴らすヤツフサから稲妻が。二人の目元は暗くなり殺気の籠もった目だけがぎらぎら光っている。

「横になってた方がいいんじゃねぇかババア」

「あんた一人で勝てるならそうするさ。それにどうにも腹に据えかねていてね。向こうからのこのこやってきてくれたんだ。この機会、逃しはしないよ」

二人は止める間もなく麓へと飛び降りる。

イオスにとってここはすでに用済みのはずだ。どうしてまた現れたのか。

しかし、二人が言うようにこれはチャンスだ。イオスを倒せば呪いは消える。タマモの命は助かるんだ。これ以上カエデから家族を奪わせやしない。

俺は減力鎖を外し投げ捨てた。


村はひどい有様だった。

建物は燃え人々は荷物を抱え逃げ出していた。

「姫様！」

長《おさ》らしき老人がカエデを見つける。

「火は私が消し止めます」

「それよりもタマモ様をお止めください。あのようなお体で古の魔王となど」

「皆の者、こちらへ避難を」

オビ率いる白狼が到着。住人を誘導させながら狐部族の男達《たち》と協力して火消しを始めていた。

突然、一つの塊が空から降ってきて建物を破壊する。

「つぅ、歳《とし》はとりたくないもんじゃな。こたえるわい」

のそりと起き上がったのはヤツフサだ。

服は破れ引き締まった裸体を晒《さら》す。額からは血が滴り、言葉とは裏腹に表情は険しい。

すでに戦闘は始まっているようだ。

「勝てそうなのか」

「厳しいだろうな……こっちは半分引退した身、ババアも呪いがあって動きが鈍い」

「あの、呪いとは？」

うっかり口を滑らせたヤツフサはしまったと手で口を押さえた。

弧を描くようにくるくる回転しながら着地したタマモが鉄扇を扇《あお》ぐ。

「凍り付いて死ね。氷結葬火《ひょうけつそうか》！」

青い炎を紅の豪火が防ぐ。二つの炎が消えた跡には長く深い溝ができ、その先には旧友との戯れを楽しむように微笑《ほほえ》むイオスの姿があった。

彼は会話ができる距離で足を止める。

「弱くなったなタマモ。かつて君は遥か高みを舞う戦場の華だったはずだ。平和の世に慣れすぎたか。それとも手を抜いて油断を誘っているのか」

「失望したなら帰っておくれ」

「いいのか？　呪いを解くチャンスだぞ？」

「やめておくれ。カエデがいるんだ」

タマモの悲鳴ともとれる声にイオスは邪悪な笑みを浮かべる。

「教えていないのか？　長くて三年だと」

「三年とはどういうことでしょうか？　何を隠しているのですか？」

カエデの問いかけにタマモは沈黙する。

答えられるはずもない。あと三年の命なんて。

知れば必ずカエデは傷つく。大切に想《おも》うからこそ言えない真実。

「うぉおおおおおおっ！」

俺は大剣を抜きイオスへと斬りかかった。

あっさりと義手でいなされ鳩尾《みぞおち》へ掌底が打ち込まれる。

骨の芯まで響く衝撃。だが問題ない。金剛壁によって防御力は格段に上がっている。痛覚完全遮断の効果により痛みもない。

「お前を倒す――！」

「数千年の研鑽《けんさん》を積んできた我が、生まれて間もない貴様に負けるはずなかろう。感情にまかせて振るう剣など掠《かす》りもせぬわ」

イオスは俺の剣を最小限の動きで避《よ》け続ける。

嫌でも感じ取ってしまう。奴にとってこれはただの戯れ、戦いですらない。一体どれほどのレベル差があるんだ。敵の底知れなさに焦燥感に駆られる。

「悪いが相手をするつもりはない。大人しく見ていろ」

至近距離から魔法をぶつけられる。

視界が真っ赤に染まったかと思えば地面に倒れていた。肉を焼く嫌な臭いが鼻腔《びこう》を刺激する。爆発音によって耳もやや遠く感じた。

高威力の炎魔法を喰《く》らったようだ。遠くでカエデの声が聞こえる。

「ご主人様！」

「喚《わめ》くな。このくらいで死にやしない。ところでタマモ、まだその娘には伝えていないのか。我が呪いによって三年の命であると」

「……」

最も避けたかったことが起きてしまった。

カエデはタマモの両肩を摑み、「三年の命とはどういうことですか!?」と問い詰める。

答えられないタマモに代わりヤツフサが説明を始めた。

「ババアは解呪不可能の呪いを受けたんじゃい。背中の黒い痣《あざ》が広がるほどにじわじわと体力を奪い、最後には壮絶な苦しみの中で死ぬ。確実に相手を殺す死の呪い」

「解く方法は本当にないのですか!?」

「呪いの大本であるイオス自身に解かせるか、イオスを殺すかしかない」

「そんな……」

彼女にはイオスのレベルが見えているはずだ。13万のヤツフサですら勝てないと言わしめる相手。諦念を抱いた表情からも覆しようのない差が在ることは事実らしい。

だからって諦めるのか。レベルで負けているから仕方ないと。カエデに恩を返したくて家族に会わせたくて遥々《はるばる》外海を越えて来たんだ。悲しませる為《ため》にここまで旅をしてきたんじゃない。

立ち上がった俺はイオスへ切っ先を向ける。

「まだやるつもりか。そろそろ身の程を知ったらどうだ」

「知るのはお前の方だ。カエデを泣かせる奴を俺は許さない」

「ごしゅじんさま……」

イオスはやれやれとばかりに呆《あき》れた表情をする。

「貴様に命令権はない。盤上の駒にすぎない貴様が我をどうすると――」

「隙ありぃいいい！」

タマモがイオスの顔面へドロップキックを入れる。

イオスは数キロ先にある山へ激突した。

「坊やは引っ込んでな。これはあたしらの戦いだ」

「嬢ちゃん、トール様の手当てを頼むぜ」

タマモとヤツフサは一瞬で姿を消す。数秒後に空で爆発が起きた。

「すぐに癒やしを！」

カエデが癒やしの波動でダメージを治癒する。レベルが上がって効果が倍増しているのは知っていたが、みるみる火傷《やけど》が消えるのには驚いた。

「先ほどの言葉、すごく嬉《うれ》しかったです。やっぱりご主人様はご主人様ですね」

「ヤバそうな相手に突っ込んでこそ主様だものね」

それ馬鹿にしてるよな。確かに馬鹿だけど。

感情で突っ走っても状況は好転しない、そのくらい俺だって理解している。タマモの覚悟もカエデの悲しみもあいつを楽しませる余興でしかない。それが我慢ならなかった。

ふわりと俺の頭に乗ったフラウが回復を続けるカエデに質問する。

「もう見たんでしょ。イオスのレベル」

「……18万でした」

はっきり数字を聞くと心がくじかれそうになる。

殺されなかったのが不思議なくらいだ。それとも殺す価値もないと思われたのだろうか。タマモに蹴られる前に何か言っていたが……よく聞き取れなかったな。

回復が終わったカエデはぽろぽろ涙をこぼす。

「大婆様《おおばばさま》、どうして言ってくださらなかったのですか。そんなにも信用がなかったのですか。家族と思っていたのは私だけ――あうっ!?」

カエデのおでこを軽く指で弾《はじ》く。

「しっかりしろ。助けたいのか助けたくないのか」

「た、助けたいです……」

意外に痛かったのか彼女は涙目でさすっていた。

俺は大剣を肩に担ぐ。こっちはもう準備はできてるんだ。

「行こう。俺達全員であいつに勝つんだ」

「ですが、よろしいのですか?」

「今更何言ってんだよ。つーか、仲間の家族を救うのに悩む必要なんてあるのか」

カエデへ手を差し出す。

「フラウがいるからこれはもう勝利確定ね」

フラウも隣で自信ありげだ。

彼女は涙を腕で拭い強く手を取った。

「はいっ！」

しかしながらあんな化け物とどう戦ったらいいものか。現在の俺のレベルは3万台、使役メガブーストで二倍に引き上げ、さらに二つの聖武具の効果によって八割上昇すれば11万8000となる。それでも相当厳しい。

「タマモのばあさんのレベルは？」

「12万6000です」

この中だとヤツフサのじいさんが一番強いのか。

「ご主人様の持つ聖武具なら、レベルが低くともあるいは」

「倒せる可能性があるのか？」

「大婆様は幼き私に度々聞かせてくださいました。この世界には選ばれし者にのみ抜くことができる強力な聖剣が存在すると。その力は古の魔王すら恐れさせ、再び目覚めぬよう固く封じられているとか」

そうだと言っているように大剣が鋭く光を反射する。

お前、そんなにもすげぇ武器だったのか。

「実は誇張された話ではないかと半信半疑でした。素晴らしい武器なのは疑いようが在りませんでしたが。ですが、わざわざ避けたのはやはりそうなのでしょう」

そうか、考えてみれば避ける必要なんてないんだ。

俺が敵の剣を肉体で折るように、あいつも砕くことができたはずだ。傷つけられると知っていたとしか思えない。聖武具ならイオスを殺すことができる。そう考えて間違いなさそうだ。

「問題はあいつが強すぎるってことなのよね。一瞬でもひるませることができたら主様にもチャンスがあるんだけど」

「……一つだけ手がある」

「本当ですか!?」

二人に俺の考えた方法を伝える。

これなら倒すことも夢じゃない。ただし、チャンスは一回のみ。気づかれた時点で奴は全力で逃げるだろう。

「フラウ、頼んだぞ」

ぴゅーっとフラウは単身で飛んで行く。

「がってん!」

さて、俺達も始めるか。


三つの影が真上を高速で駆ける。

それはぶつかり合い何度も轟音《ごうおん》を響かせた。卓越した魔法技術のおかげなのか、彼らは空を飛びながら戦っているようだ。おまけに衝撃で舞い上がる岩を足場にしているようでもあった。

さすが人外共、無茶苦茶《むちゃくちゃ》な戦闘方法だ。

あらかじめ渡されていた妖精の粉を全身に振りかける。

両足が地面から離れ、体はイメージ通りに空へと上がってゆく。

カエデも俺に倣って追いかけていた。

「風魔法で移動をサポートいたします」

「サンキュウ。助かるよ」

風が体にまとわりつき移動速度が上昇する。

近づく空の戦場。炎を纏《まと》ったイオスが駆け抜け、青い閃光《せんこう》と黄色い閃光がぶつかり轟音を響かせる。

「凍《い》てつけ、氷帝青棺《ひょうていせいかん》！」

「雷電術《らいでんじゅつ》。豪雷掌《ごうらいしょう》」

「そんなもの効くかぁぁ！　厄赤烈火《やくせきれつか》!!」

青い炎の檻《おり》がイオスを閉じ込める。ヤツフサの放った雷撃は檻に吸収され中にいるイオスを凍り付かせながら焼いた。だが、内部で発生した豪火が檻をパンクさせ、狂気を顔に貼り付けたイオスがほぼ無傷で飛び出した。

「うぉおおおおおっ！」

イオスに大剣を打ち込む。

攻撃はたやすく義手で防がれてしまった。

「まだ生かされていると理解できないか。殺すだけならいつでもできたのだ」

「なぜセインを蘇らせた。お前の目的は何だ」

「目的？　そんなもの一つしかない」

イオスは鋭く口角を上げた。

「あの地獄を取り戻すのだ」

「あんたまさか！」

タマモが驚愕《きょうがく》する。話を聞いていたのかヤツフサも驚きを隠せない様子。

俺は会話を続けながら武器に力を込める。刃と義手の擦れる音が響くだけで一向に押し込める気配はない。

正面切って勝ち目がない敵は久々だ。

リサの時ですらここまで絶望的な感覚はなかった。

「察しの通り我の望みは、大戦をもう一度起こすことだ。平和ボケした魔王も天獣も我のゲームにより目を覚ますことだろう。なぜセインをと聞いたな？　彼はあの御方《おかた》の復活に必要な贄《にえ》だった。すでに反魂蟲の中身によって別人になっているかもしれないな」

さっきから何を言っているんだこいつ。

俺にも理解できるように話せよ。

「やっぱりあの襲撃は宝物庫に押し入る為だったのかい」

「その通り。しかし、勘違いしてくれるな。君との再会も楽しみにしていたのだ。こうして再び会いに来たのも君を我が陣営に誘う為だ。改めて問おう。我が物になれタマモ。さすれば呪いを解いてやる」

「呪いを……本当なのかい？」

「耳を貸すなババア！　こいつは平気で味方を裏切るような奴だ！」

ヤツフサが稲妻のごとく空を奔《はし》る。

イオスは俺を蹴り飛ばすと、上体を反らしてヤツフサの鋭い爪を避けた。続けてタマモが魔法を放ちイオスは宙を舞う岩や石を蹴って上へと逃げる。

「ご無事ですか!?」

カエデの柔らかい風によって受け止められる。

どうにか割って入らなければ。二人に任せたままではいずれじり貧だ。急いでくれフラウ。時間を稼ぐのもそろそろ限界だぞ。

「あ〜る〜じ〜さ〜ま〜」

フラウが『奥の手』を握ってふらふら上昇している。

よし、ここからは勝ちに行く。

気を引き締めイオスへノーモーション瞬間最速で斬り込む。

このスキルは予備動作なく最短最速で攻撃に移ることができる。相手には突然目の前に現れたように感じられるだろう。

刃と義手が再び衝突し火花を散らす。イオスは攻撃を予見していたのか、もう一方の腕はすでに反撃前の引き絞られた状態だ。隙を突くようにヤツフサが豪腕で爪を振るう。察知したイオスは即座に回避行動をとる。爪は奴の残像を切り裂いた。

「懐かしいではないか。かつての貴様との戦いを思い出す」

「わしゃあてめぇの顔なんざ見たくはなかった」

「だが、思い出すだろう？　主達がこの地を去らなければ、あのようなうやむやな結果になどならなかった。腹いせに神格をおとしめ自らを神と名乗ることもなかった。偽りの神と自覚しながら世を治めさせられる現状もなかったのだ」

「うるせぇ！」

雷鳴が轟《とどろ》きヤツフサの連撃が繰り出される。

イオスも正面からの殴り合いに応じ、互いにダメージを負いながらも手は緩めない。一発一発に山をも砕くほどの力が込められている。幸いなのはここが空だった点だ。地上ならどれほどの被害がでていたのか。

その間にタマモは長い詠唱を行っていた。

「これが白狐の奥義だ。よーく見ておくんだよ」

「はいっ、大婆様！」

膨大な魔力が広がり風が勢いを増しながら渦を巻く。気温は急激に低下。空には暗い雲が立ちこめた。ヤツフサは察して離脱。

「終月白降殿《しゅうげつはくごうでん》！」

雲から白い九つの風が下りてくる。

風は螺旋《らせん》を描きながら一点に集中した。

「その身体で撃てる魔法ではなかろう?」

「親ってのは子供の前で良《い》い格好したいんだよ」

「理解できぬな。なんともつまらん女になってしまったものだ」

全てを凍らせる極寒の風を紅の豪火が受け止めていた。

呪いのせいで全力が出し切れないタマモはじりじり押されていた。

「加勢するぞ! 紫電帝撃《しでんていげき》」

紫電がヤツフサから迸《ほとばし》る。指向性の雷撃。眩《まばゆ》い閃光が辺りを照らし、体を揺らすような雷鳴が風と共に炎にぶつかる。

優勢だったイオスに変化が現れる。

徐々に押され始め奴の顔にも僅かに焦りが見え始めていた。

「さしもの我もまともに受ければただでは済むまい。さすがと称賛する他ないな。だが、これだけのレベル差では――なぜだ。我の力が弱まっている?」

イオスは俺を見てハッとしたようだった。

そう、俺は空中戦闘を始めた瞬間から勇者のジョブを発動させていたのだ。レベル数を考えれば毎秒マイナス1レベルは焼け石に水。それでも均衡を崩すことくらいはできる。

イオスはとうとう押し負け地上へ落ちる。

冷気は森を白く凍り付かせ一瞬で真っ白な世界へ変貌させた。

――立ち上がったイオスにはすでに笑みが消えていた。

落下するようにノーモーション瞬間最速で斬り込む。ぎりぎり躱《かわ》した奴は即座に蹴りで反撃。反射的に大剣を盾にするも勢いを殺しきれず弾かれる。だが、カエデが体で受け止めなんとかブレーキをかけることができた。

「ご無事ですか」

「なんとかな。レベルは？」

「下がり続けています。効果範囲からも脱していない様子」

範囲から抜け出されるとジョブの効果は消えてしまう。まだ三十分経《た》ったくらいなので１８００下げた程度。勇者が古の魔王を倒せないのも納得が行く。

タマモとヤツフサが地上へ降りてくる。

「本気であの大戦を再び起こせると思っているのかい」

「てめぇはそうでも他が賛同しねぇだろ。もう争う理由がねぇんだ」

「ふは、ふはははっ！　それがあるんだよ。なんせあの御方はこちら側の古代種だ。二つの御旗《みはた》が揃《そろ》えば否応《いやおう》なく始まる。たとえそちらの御旗にその気がなくともな」

イオスの視線は俺を捉えていた。

タマモもヤツフサも振り返って『そういうことか』的な顔であった。

なんだよその反応。俺がいて何か問題なのか。

「もう遅い。間もなく真の支配者がお戻りになる」

「目的はなんだい。まさか本当にあの頃に戻りたいわけじゃないんだろ」

「真意だ。我らは戦いの駒として造られた。そこに戻ろうとするのは自然な帰結ではないか」

「それがあんたが永い時をかけて出した結論かい」

「答えははじめから出ていた。だが、戻す手がなかっただけだ」

ヤツフサが地上をかける稲妻のごとく、刹那に距離を詰め鋭い爪を振るう。

その腕は空を切り、イオスは滑るように内側へ潜り込み鳩尾に拳をめり込ませた。続けて蹴りを放ちヤツフサは凍り付いた木々を砕きながら一直線に飛んでゆく。

「イオス!!」

タマモが肉薄する。あと少しでその爪が喉元を切り裂くというところで停止した。

逆に首を掴まれた彼女は激しい動揺が顔に出ている。

「うごけ、ない……?」

「これまでただ漫然と過ごしていたとでも? 移植し手に入れた『停止の魔眼』。いかなる生物もこの魔眼の前では身動きできない。『魅了』『予測』と並ぶ最上位の魔眼だ。動けば首をへし折る」

俺が一歩足を出したところで警告が発せられた。

だが、近づかなければどのみちタマモは殺される。刻一刻とその手に力が込められていた。

「逃げろ、あたしのことはもういい」

「嫌です。私は大婆様を助けるまで諦めません。大婆様はたった一人の家族なんです」

「嬉しいだろうタマモ。家族に見送られながら逝けるのは。しかし正直がっかりした。天獣二匹でここまで手応えがないとは。強すぎるとはなんとも残酷だな」

さらに力が込められる。タマモは必死に暴れるがその腕は決して緩まない。

俺達だけでは勝ち目はない。選択の時だ。カエデを連れて逃げるか死を覚悟して一《いち》か八《ばち》かイオスに挑むか。

「ご主人様……」

「だよな」

カエデはすでに答えを出している。

漫遊旅団は全員が馬鹿なのだ。

だからこそここまで突っ走ってこられた。これからもそうだ。

「フェアリィイイイイ――」

真上から高速で落ちてくる小さな光。

それは俺の切り札だ。

「フラァァアアアッシュゥウウウウ!!」

瞼《まぶた》を閉じると網膜を焼くような輝きが照らした。

フラウ渾身《こんしん》のフェアリーフラッシュである。

「なんだこの光は!?」

「あんたの敗因はフラウを最大の敵と認識できなかったことよ」

じゃらりと鎖の音がする。

目を開ければイオスの体に減力鎖が巻かれていた。

俺が考えた作戦はこうだ。俺とカエデでイオスの目を逸《そ》らしフラウが減力鎖を巻く。この作戦の信用できる点は、俺自身が鎖の効果を身をもって把握しているからだ。さらにありがたいことにフラウが光で魔眼を使用不能にしてくれた。

「力が、抜けるだと!?」

「よくもやってくれたね。葬炎装《そうえんしようぞく》　束鬼狐《おにぎつね》」

青い炎に包まれたタマモがイオスの顔面や腹をすさまじいスピードで殴る。殴られた箇所から氷が広がっていた。

まだあんな攻撃手段を残していたのか。

「調子に、乗るな！　獄炎波《ごくえんは》！」

「今度は私が守る。氷結葬火」

カエデがタマモを守るように魔法を放つ。紅の炎は青い炎に防がれた。

俺の大剣が付け根から義手を斬り飛ばし、黄金の義手は宙をくるくると舞った。

「こんな物！」

イオスが鎖を引きちぎる。

だがもう遅い。俺の方が早い。

その場で体を反転させイオスの首めがけて刃を振るう。

「せいぜい真実を得て絶望しろ。運命の子よ——」

奴が語り終える前に首が飛んだ。

重い塊が地面をバウンドし戦いの終わりを知らせる。

か、勝った……。

剣を地面に突き刺し両膝を突く。力が抜けて立てない。

「ごしゅじんさま～！」

「あるじさま～」

遠くからカエデとフラウの声が聞こえた。

「ごほっごほっ」

口を押さえた手に血がべっとり付いていた。

たった一発もらった蹴りがここまでダメージを与えていたなんて。

痛覚を遮断していた弊害か。

あ、すげぇ眠……い……。

◇

うっすら目を開ける。

視界の端からひょこっとフラウがのぞき込んだ。

「主様が目覚めたわ！」

「きゅう！」

遅れてパン太が顔を出し、俺はなぜここにいるのかを思い出そうと天井を眺める。

古の魔王イオスがやってきてタマモが殺されそうに――。

そうだ。俺はイオスと戦ったんだ！

体を起こそうとすると全身に痛みが走る。

「まだ完治しておりません。どうか安静に」

駆け寄ってきたカエデが再び俺を寝かせる。

さらに癒やしの波動を使用して痛みを緩和してくれた。

治癒のおかげでほとんど傷はないようだ。ただ、蓄積したダメージは抜けきっておらず痛みと疲労感があった。

「どのくらい寝てた？」

「十二時間ほどでしょうか」

ということは今は翌日の早朝か。

白狐の天獣域に運ばれたらしい。開け放たれている扉の外は夜だった。

カエデとフラウが抱きつく。

「大婆様を助けてもご主人様が死んでは元も子もありません」

「あるじさまぁあああ！」

「ほら、この通り元気だから悲しまないでくれ」

二人の目は赤く腫れていた。

「あんたらもそろそろ休んでおきな。坊やの面倒は他の者に任せておくさ」

タマモが部屋へと入る。

彼女も目立った外傷はなく変わらない姿であった。

「ご主人様のお世話は私がいたします」

「休んだ後にでもすればいい。誰かカエデを連れて行っておくれ」

「そんな!? ごしゅじんさま～！」

白狐の人達がやってきて、カエデをがっちり捕まえて引きずって行く。フラウも後を追ってふわふわ飛んでいった。

残ったタマモは仕切り直しとばかりに襟を正し正座する。

「助けてくれたことに感謝するよ。あたしらだけじゃ間違いなく死んでた」

「俺はカエデを悲しませたくなかったから戦っただけだ。礼ならカエデに言ってくれ」

「たとえそうだとしても命を救われたのは事実だ」

彼女は深々と頭を下げた。

やっぱカエデのばあさんだな、律儀というか生真面目。

俺なんか無視すりゃいいのにわざわざ頭を下げに来るなんて。

「呪いは解けたのか？」

「すっかりね。おかげであと三百年くらいは生きられそうだ」

そうですか……。

◇

再建していた本堂が完成した。

ヤツフサのじいさんはドヤ顔で中へ案内する。

「以前のよりも立派に作ってやったからな。千年は建て替え不要じゃい」

「誰も改良してほしいなんて頼んでないだろう。でもまぁ、とりあえず感謝しておくさ。あんた達、次元鏡を運んできな」

ばあさんの指示で本堂の中心に鏡が運び込まれる。

天獣域の入り口となる鏡だ。じいさんの説明では、鏡のように見えるが実際は鏡ではないらしい。一通り詳しい説明は受けたがさっぱり理解できなかった。

「大戦の続きか……わしゃあらはもう色々背負いすぎた」

「イオスの言うあの頃に戻りたかったのか？」

「いんや。気持ちは理解できなくもないがな。実際わしらは駒だった。それこそが存在意義であり誇りでもあった。突然決着もつかないまま盤を放置され、わしらも敵も自分で考えることを余儀なくされた。天獣も古の魔王も時代にそぐわない遺物なんじゃい」

古代種である俺も同じく遺物なのかもしれない。

イオスの最後の言葉、『せいぜい真実を得て絶望しろ。運命の子よ』。あれにはどんな意味が含まれていたのか。奴は何を知っていたのか。

「で、体の方はもういいのかい」

「完治したよ。昔から傷の治りは早いんだ」

「……それなら良かった」

ばあさんとじいさんが視線で言葉を交わした気がした。

そんなに俺の怪我《けが》が心配だったのだろうか。

「少し話がある。カエデ達をここへ連れて来ておくれ」

俺は鏡を通り抜けカエデ達を呼びに戻る。


真新しい本堂でタマモは正座をして待っていた。

いつもとは違う雰囲気に俺もカエデも同じように正座する。

「旅立つあんた達に渡したい物がある」

「それはつまり、旅に出ても良いということでしょうか」

「どうせ止めても出て行くんだろ。だったら親として快く送り出した方が心持ちもいいってものさ。

それにトール様は信頼を裏切らない御方、大切な家族を預けるのになんの不安もない」

いつの間にかカエデの同行が許されていたらしい。

これで大手を振ってここを旅立てるわけだ。

彼女は大切な仲間で家族。こんなところで中途半端に別れるのは嫌だったんだ。

「あたしから渡すのは二つ。一つはこれ」

タマモは長方形の木箱をこちらへ差し出す。

蓋を開けてみると、中には巻物が一つ収められていた。

「これはまさか!?」

「もうあんたは一人前の白狐だ。レベルだって先の戦いで5万に到達したんだろ。さぁ、見せておくれ、その九つの尻尾を」

カエデの尻尾が大きく膨らんだかと思えば、花びらが開くように九本の尻尾が現れた。

部屋の中の気温が一気に低下し、カエデから膨大な魔力がにじみ出る。

「さぶっ」

「きゅう!」

寒さからフラウがパン太にしがみつく。

「申し訳ありません。気を緩めると魔力が漏れ出てしまうようで」

「カエデ、その尻尾は」

「レベルアップしたことで肉体の再構築が起きたのです。現在の私は九尾白狐」

予想は当たっていたってことか。

元々彼女の肉体はポテンシャルが非常に高い。

今まで肉体の再構築が起きなかったのもそれが原因だ。

「その巻物にはあたしが編み出した術が記してある。白狐の魔法はそのどれもが上位の敵を倒す為に編み出されたものだ」

カエデは巻物の封を解きするりと開いた。

中は記憶にない文字で記されており内容を知ることはできなかった。

頭を下げるカエデにタマモは満足そうに頷《うなず》く。

「最後の一つは外にある」

立ち上がった彼女を追いかけて本堂を出る。

「卵……でしょうか？」

「にしてはデカすぎないか？」

本堂の横に置かれた五メートルはあろう大きな卵。

表面は磨かれたように白く光を反射していた。

「きゅう！　きゅ、きゅう！」

「わわっ、なになに!?」

パン太がフラウを放り出して卵に近づく。

くんくん匂いを嗅ぎながら卵の周囲をぐるぐる回る。

「もしかしてこれは強化卵なのですか？」

「眷獣ってのは元々生活を支援するだけのサポート生物でね、戦闘能力は持ち合わせてなかったのさ。戦争が始まりその在り方も変化していった。戦う為の能力が付与され、さらに能力を強化する強化卵ってのも製造された」

脳裏に手持ちの眷獣達がよぎる。

考えてみればどれもが愛玩動物のように可愛《かわい》い姿をしている。元来はペットのような位置にあったのだろうか。それが戦争によって変化して戦う力を与えられてしまった。

「戦争末期になると、最強クラスの強化卵が生み出されたのさ。それに伴い専用の眷獣も創られた。ただ、それらは強化後の姿に能力を振りすぎて、強化前は最弱と呼ばれるような代物になってしまったそうだ」

「それって……」

パン太は最強の眷獣だったのか。ずっとパーティーに貢献できずに悩んでいたパン太にそんな力が。俺もカエデも嬉しさに目元が緩む。

特に大喜びしていたのはフラウだった。

「やった、やったわよ！　あんた最強の眷獣だったのよ！」

「きゅう！」

「よがっだねぇ、うわぁぁあ！」

「ぎゅううう！」

フラウもパン太も泣き出してしまう。

「先に伝えておくけど、その子の強化には時間がかかる。最短で一週間、最長で一ヶ月《いっかげつ》は覚悟しておいた方がいいね。卵は置いて旅立つのをお勧めするさね」

「パン太を置いて行けと？」

「案ずる必要はないさ。眷獣ってのは刻印を通して主の居場所を把握してる。孵《かえ》ったらすぐにでも合流できるよ。その子はあたしに任せてあんた達は先へ行きな」

パン太は目を潤ませ強化卵へと飛んで行く。

必ず強くなって皆のもとに戻るから、そんな強い意志が伝わった。

「白パン、ちゃんと戻ってきなさいよ！」

「きゅう！」

「お強くなったパン太さんを楽しみにしていますね」

「きゅ、きゅう！」

「待ってるからな」

「きゅう！」

がばりと開いた卵へパン太が飛び込む。蓋は静かに閉じ卵の表面にぼこぼこと突起が出現した。

突起から蒸気が噴出し脈動が開始される。

しばらくとはいえ、パン太のいない旅が始まると思うと妙な気分だ。

「白パンがいない、フラウのベッドが……」

『きゅう！』

卵の中からパン太の怒りの声が聞こえた。

あ、まだ受け答えはできるのか。

◇

旅立ちを翌日に控えた夕方。浴衣姿で常夜《とこよ》の世界を散歩する。

タマモから絶景スポットを聞き出したことで俺の心はそわそわしていた。

竹林がざわざわ夜風に揺られる。

奥の闇からは気配を殺した魔物がこちらを窺《うかが》っていた。

獲物を狙うそれではない。どうか何事もなく通り過ぎてほしい、みたいな雰囲気があった。道の上でゆらゆら漂っていた魔界しゃれこうべが俺に気が付き、突然のことで混乱したのかその場で右往左往する。逃げられないと悟った魔界しゃれこうべはかたかた震え始めた。

気の毒に思えて『向こうに行け』と手を振る。

魔界しゃれこうべは飛んでいった。

そんなにびびらなくてもいいだろう。こちらからは何かするつもりもない。

カラコロカラコロ。後方に下駄《げた》で走る音があった。提灯《ちょうちん》を持ったカエデだ。

「私が案内するとお伝えしたのに」

「悪い。景色のことばかり考えててつい」

彼女は「もう」と言いながらも怒った様子はない。

ここに来てさらに打ち解けた感覚があった。お互いに再確認したのだと思う。主従だけでもなく仲間だけでもなく、大切な異性であると。

「あの、どうですか?」

恥ずかしそうに彼女は僅かに顔を逸らす。

浴衣姿の彼女はいつもより艶があってどきっとさせた。

「よく似合ってる」

「嬉しいです」

俺も恥ずかしくなって目を逸らす。可愛すぎて直視できない。

あーもう、恥ずかしいな。こんなにも敏感になるなんて予想していなかった。これじゃあまるで付き合ったこともない童貞じゃないか。

「俺が持つよ」

「あ」

半ば奪うように提灯をカエデから受け取る。

それから二人で歩き始める。しばらく沈黙が続いた。

「フ、フラウはどうしているんだ」

耐えきれず話を切り出した。

「大婆様が用意した宴でどんちゃん騒ぎをされています。赤い顔でケタケタ笑われていたので、すでに相当飲まれているのではと」

性懲りもなくまた飲んでいるのか。白狐に迷惑かけてないといいけど。

竹林を出ると小川に当たる。川辺では小さな光が無数に飛んでいた。故郷の川にもいたホタルだ。

ここでは外敵が少ないこともあってか数が多い。

「綺麗《きれい》だな」

「はい」

提灯の明かりを吹き消し、夜の静けさに身を任せる。

彼女の手が俺の手に触れた。彼女の手が離れる前に俺から手を摑む。

「旅が終わったら一緒に暮らさないか」

「もしかしてプロポーズですか？」

「そうなるかな」

突然、彼女はぽろぽろ涙をこぼしだした。

おい、どうして泣く!?

もしかして嫌だったのか！？？

「うれし涙です」

「察しが悪くてすまない」

「そんなご主人様が私は大好きなんです」

彼女は俺をぐいっと引き寄せ唇と唇を合わせる。

ほんの一瞬だったが、柔らかい感触ははっきりあった。

「喜んで」

顔が離れ、微笑みながら返事をしてくれた。

彼女は恥ずかしさに耐えきれなくなり両手で顔を押さえて逃げてしまう。

残された俺も顔が熱くなり穴の中に隠れたくなった。

「敵に塩を送るなんてフラウも成長したわ」

「おい、押すんじゃない。落ちてしまうだろうが」

「ヤツフサ様、覗《のぞ》きなんてやめましょうよ。次期長として恥ずかしいです」

「あたしのカエデが！　あたしのカエデが!!」

どぼぼん。対岸から複数の塊が川に落ちる。

それは宴をしているはずのフラウ、ヤツフサ、オビ、タマモであった。

「どうしてここにいるんだ？　ん？」

四人は蜘蛛《くも》の子を散らすように逃げ出した。

◇

山から顔を出す朝日。旅立ちにふさわしい光景である。

見送るのはタマモとヤツフサだ。

「子供ができたらちゃんと挨拶に来るんだよ」

「大婆様！」

「あたしももう長くないんだ。けほっ、けほっ、おっと持病の咳《せき》がでちまったね」

「ほう、そりゃあ大変だ。わしのエリクサーをやろう」

タマモは露骨に嫌そうな顔をする。

「帰りにもう一度会いに戻る。パン太をよろしくな」

「あんたもしっかりカエデを愛《め》でるんだよ」

「おう」

「大婆様!?」

俺達は二人に手を振って旅立つ。


「白パンがいない」

「大福をやるから元気出せって」

パン太ロスで落ち込むフラウを俺とカエデで励ます。

定位置とばかりにパン太に座っていただけに、今のフラウは居場所が定まらずしきりにふわふわしていた。

それにしては大福は受け取るんだな。

浮かない顔のましっかり菓子を食べている。

白狐の里を出てしばらく経つが、未《いま》だ山々の連なる山道を進んでいた。

現在は高い位置を歩いていて見下ろす雲海が壮観である。

「そろそろ休憩されては」

「だな、景色も良いしお昼にするか」

見晴らしの良い場所でタマモから貰《もら》った包みを開けた。

重箱というそうだ。艶のある箱が積み重ねられていて、中には色彩豊かな料理の数々がみっちり収められていた。

「見慣れない料理だが、豪華だな」

「お祝い事にしか食べられない料理ばかりです。ご主人様、大婆様が作るちらし寿司《ずし》はとても美味しいのですよ」

「寿司ってなんだ？　すっぱい匂いがするけど、腐ってはないいんだよな？」

カエデが皿にとりわけフラウにも渡す。

受け取ったフラウはもぐもぐしながら目が潤みだした。

「白パンがいないの。辛いの。フラウ、どうしたらいいのかしら」

「そんなこと言ったって、いないものはどうしようもないだろ。戻ってもパン太は強化卵の中なんだ」

「でも、落ち着かないのよ」

すでに切っても切り離せない存在になっていたらしい。

パン太がいない間はどう保《も》たせるか。代わりのようなものがあれば一番いいのだが。

リュックを漁《あさ》るカエデが白い塊を取り出した。

「パン太さんのぬいぐるみです。どうですか」

「……もふもふしてる」

ぬいぐるみはパン太と同程度のサイズだった。

「いつの間にあんなのを作ったんだ」

「一族でぬいぐるみ作りを得意とされている方がいらっしゃいまして、その方に教わって製作してみました。単純な形ですしそれほど時間はかかりませんでしたよ」

フラウはぬいぐるみに乗って身を沈める。

しばらく沈黙していたが、がばっと起きて笑顔となった。

「これいいわね、いいベッドだわ！　むしろ白パンより寝心地が良さそう！」

「気に入っていただけると作った甲斐《かい》があります」

「白パンなんて戻ってこなくていいのよ。ズッ友だと思ってたのに、あっさりフラウを裏切ったんだから」

「そんなことを言ってはいけませんよ。フラウさんだってパン太さんの悩みには一緒に頭を悩ませていたでしょ。怒るよりもお祝いしてあげないと可哀想《かわいそう》です」

「だって、だって～」

まだ納得できないのか、ぬいぐるみの上でみょんみょんと跳ねる。

「あるじさま～」

「どうせしばらく会えないんだ。だったら会えないなりに楽しむ方が面白いと思うけどな。悔しがるくらい満喫してさ、後で沢山思い出話を聞かせてやるんだ」

「――!!」

フラウは目を見開いて、すぐにニヤァとする。

やっといつもの元気さが戻ったようだ。

「ふふん、最高に楽しい旅にしてやるわ。白パンが泣いて悔しがるような」

「ちらし寿司です。どうぞ」

カエデから皿を受け取り寿司とやらを口に入れる。

最初は酸っぱさが口に広がったが、遅れて甘味がやってきて思ったよりも美味しかった。焼いた卵や茹《ゆ》でた海老《えび》なんかもあって風味もかなり良い。

「そういやフラウもレベルが上がったんだよな」

「そうなのよ！　カエデと同じ6万台よ！」

イオス戦の後のレベルはこうなっている。

俺　3万。
カエデ　6万3326。
フラウ　6万3121。

あっという間に抜かれてしまった。

経験値貯蓄が壊れるまで足を引っ張らないように頑張らないと。

ま、3万でも十二分に強いのだがな。

◇

程なくしてデザフスト国の都へと至る。

俺達の目指す大陸中心部はデザフストの領土内にあり、位置的にも都を通り抜けるのが最も早いルートであった。加えてこのデザフストには気になる噂《うわさ》もあった。『魔王も頭《こうべ》を垂れるがめつい聖女がいる』、そんな噂だ。

可能性は低いと思いつつも、もしかしてと希望もあった。

「あの方、剣を飲み込まれましたよ。大丈夫でしょうか」

「プロだから死ぬようなヘマはしないと思うが、それでも見てるとはらはらするな」

「うぇ、あんなの見てよく平気ね。フラウは無理だわ」

芸が成功すると人々は拍手を送り、目の前の缶へ貨幣を投げ込む。俺達も銅貨を投げ入れた。

デザフストの都では『大道芸広場』と呼ばれる場所がある。広場の至る所で芸人が芸を披露し、通行人は足を止めて見入っていた。

不意に街中で大きな銅鑼《どら》の音が響く。

人々は一斉に道の端に避け、石畳に両膝を突いて祈るような姿勢となった。

「なに、なんなの？　みんなどうしたの？」

「私達も同様の対応をすべきでは」

「だな」

俺達も屈《かが》んで姿勢を低くする。

数分後、広場に白い法衣《ほうえ》を身につけた団体がやってきた。厳かな空気を漂わせ静かに目の前を通過する。行列の真ん中ではベールで顔を隠した位の高そうな人物が、護衛を周りに置いて歩いている。女性っぽいシルエットだ。あれが噂の聖女だろうか。

彼女は祈りを捧《ささ》げる民衆に目もくれず広場を出て行ってしまった。

行列が去った後、この場に騒がしさが戻る。

「ああ、本日も聖女様はお美しいわ」

「なんと尊き御方じゃ。あの方こそ神の御使《みつか》いに違いない」

「我が国の救世主。聖女様、聖女様、今月も沢山お布施いたします」

涙を流して感激する住人に顔が引きつる。

この国は古の魔王ベルティナが治めていると聞く。もしかしたらとても信心深い魔王なのかもしれない。魔族にだって信じる神はいる。だったら魔王が信仰に篤《あつ》いなんてのも不思議ではない。

問題はその聖女がソアラかどうかである。

見上げるほどデカい石像。王冠を頭に乗せた美女が勇ましく彼方《かなた》を指さしていた。

彼女こそこの国の主にして古の魔王『夜神ベルティナ』。数多《あまた》の伝説と逸話を有す、大陸を支配する者達の一人である。

その影響力はすさまじく、彼女が移動するだけで周辺国は防衛強化を行うほどだ。

「怖そうな方を想像しておりましたが、とても美しい魔王さんなんですね」

「ふふん、フラウと仲間ね。ツルペタよ。見て、この胸」

フラウが嬉しそうに石像の胸をペタペタ触っている。確かにフラウといい勝負だ。

石像はぴかぴかに磨かれており国民に愛されていることが見て取れる。魔王には良い印象がなかったが、世の中には尊敬される魔王ってのもいるらしい。

「ソアラを捜しに来たのに、完全に観光してしまったわね」

「なんだか申し訳ない気分です」

屋台で買ったハートのサングラス。

観光名所で貰った花の首飾り。

気に入ってつい買ってしまった付けひげ。

三人お揃いの派手なシャツ。

片手にしゅわしゅわする飲み物。

もう片手に串肉の入った袋。

この街は散財の都だ。見るもの全てに興味をそそられ手を伸ばしてしまう。あらかじめ制限しておかないと、いくらでも土産を買ってしまいそうだ。

俺達はベンチに座って一休みする。

「そうだ。ヤツフサに貰ったスクロールで確認すればいいじゃない」

「なるほど」

白狼に貰った、どんなものでも捜せるスクロール『導きの針』。これを使えば行方不明の仲間を見つけ出すことができる。

導きの針に反応があった……近くに仲間がいる。

ソアラ、ピオーネ、ネイ、アリューシャ。この中の誰かがここに。

ひとまず針に従い歩き出すことに。

「近いぞ」

針が示したのは、四人の騎士を引き連れるフルプレートの人物。

住人も兵士も彼へ丁寧に挨拶をしている。位の高い武官なのだろう。外見からもそのような印象を受ける。

あれが捜している仲間の誰かとは想像しにくい。

「ここは私が」

カエデが意を決して声をかける。

「あの」

「陳情なら正式な手順を踏め。閣下はお忙しいのだ」

「私は漫遊旅団のカエデです。迎えに来ました」

「許可無く声をかけるな。不敬罪で捕まりたいか」

騎士が壁となってカエデの進行を阻む。

閣下と呼ばれる人物は足を止め、こちらをじっと見つめていた。

「止《や》めよ。既知の者だ」

「失礼いたしました」

一声で騎士達は大人しく下がった。

それから閣下は「付いてこい」ととある屋敷へと案内する。

◇

「カエデさん！」

「ピオーネさん!?」

兜《かぶと》を脱いだピオーネはカエデへ飛びつく。

それから彼女は潤んだ目で俺の方をじっと見る。

「迎えに来てくれるって信じてたよ。嬉しいなぁ。こうして三人の顔を見るのはどれくらいぶりかな。そんなに時間は経っていないはずなのに、数年ぶりくらいに感じるよ」

「無事なお姿を確認できて安心しました。ところでここにはお一人で？」

「ううん。ソアラも一緒だよ。でも、今の彼女には会わない方がいいかもしれない」

カエデから離れた彼女は、侍女に鎧《よろい》を外してもらい身軽な格好となる。

ここはどうやらピオーネの屋敷らしい。

ソファに腰を下ろしたピオーネはキリッとした顔となる。

ただ、座った位置は対面ではなく俺の横だった。

「現在のボクは第六の軍を預かる将軍なんだ。新設されたばかりで人員はほとんどいないのだけれど、それなりに上手《うま》くやってる方ではあるかな」

まじかよ。将軍ってとんでもない出世じゃないか。

どうやればこの短期間でそこまで上り詰めることができるんだ。

「ソアラのおかげだよ。いや、違うね。ソアラのせいだ。ボクを自分の都合の良い地位に据えて、毎日あれこれ無理難題を押しつけてくる。未だこうして生きてるのはトールが迎えに来てくれるって希望があったからなんだ。じゃなきゃ、きっと絶望してただろうね」

「お、おい……」

彼女の目からハイライトが失われる。

一体どんな目に遭ったのか。

「あ、ごめん。最近忙しすぎて情緒不安定なんだ」

「すぐに癒やしますねっ！」

「ありがとうカエデさん。嬉しいなぁ嬉しいなぁ、涙が出ちゃうや」

ピオーネはカエデに癒やされ「はぁぁぁ」と安堵《あんど》する。

「大森林を抜け出したボクらは、イエローホークスで一財産築き裕福な生活を手に入れたんだ」

ティーカップを置いたピオーネは、あの頃は良かったと微笑む。

が、表情はがらりと変わり無表情で目を見開く。

「ソアラがね、都で布教したいと言い出した。それから屋敷を手放して都へ移住し、毎日毎日布教活動。それでも失敗すれば元の鞘《さや》に収まったんだ。彼女の言葉は人々を集め、とんとん拍子に転がり続け、ついにはこの国の女王まで説き伏せた。今や彼女は第二の女王、国民の半数以上が信者だ」

す、すげぇな。さすがソアラさん。

タダでは転ばないってこのことだな。

「あ、でも、権力を手に入れたおかげで情報は得られるようになったんだ。もう一つの漫遊旅団のことや、トールらしき称号を手に入れたパーティーのこととか。そろそろこちらから迎えを出す予定だったんだけど、その必要もなくなっちゃったね」

彼女は苦笑しながら頬《ほお》を指で掻く。

「帰還はどうする？」

「もう少しだけ待ってくれるかな。ほら、将軍になっちゃったし簡単には辞められないからさ」

話の途中でドアがノックされた。

「失礼いたします。聖女様より至急大聖堂へ来るようにとのご命令が」

入室した騎士が淡々と報告する。

ピオーネはみるみる顔面蒼白《そうはく》になった。

「トール、今すぐ逃げて！　きっとトールがいることがバレたんだ！」

「やっぱり聖女は……」

「ソアラだよ！」

でもどうして逃げる必要があるんだ。

聖女がソアラならむしろ会うべきだろう。

「今の彼女は以前の彼女とは違うんだ。本当に危険なんだよ」

「猊下《げいか》をそのように申すとは不敬だぞ。ピオーネ将軍」

「ひ、イザベラ」

遅れて入室したのはビースト族の女性騎士。

獣のような鋭い目に将軍よりも将軍らしい風格があった。

「その者がトールだな？　大恩あるあの方の目を欺こうとは、ピオーネ殿もずいぶんと偉くなったものだな。誰のおかげでその地位にいると思っている」

「ボクは将軍にしてくれなんて頼んでないから！　あの人が勝手に推薦して半ば強引に据えたんじゃないか！　だいたい許可もしてないのに、勝手にボクを入信させて！」

「その信仰心なき発言、やはりもう一度『脱衣カード説法』で理解させる必要があるようだな」

「心が折られる！」

ピオーネが恥ずかしそうに顔を両手で隠しぷるぷるする。

なんだその脱衣カード説法って。すげぇ気になるんだが。

「大人しく同行するから、その説法ってのは勘弁してやってくれ」

「トール!?」

「表に馬車を駐《と》めてある。準備ができたら来い」

イザベラはマントを翻し退室した。


荘厳な建物を揃って見上げる。聖女ソアラが魔王に建てさせたという大聖堂である。

一体どれほどの権力を握ったのだろう。とにかくすさまじい発言力があることだけは理解できる。

広いエントランスを抜け、ソアラがいるだろう部屋へ。

これまたとんでもなく広い部屋でたった一人、ソアラは祈りを捧げていた。

「漫遊旅団をお連れいたしました」

「ありがとうございます、イザベラ。下がっていいですよ」

「では外で待機しております」

イザベラが退室したと同時にソアラは笑顔で駆けてくる。

彼女は俺にその大きな胸を強く押しつけた。

「ああ、トール。やっと会えましたね」

「事情はピオーネから聞いたよ。大変だったんだな」

「それほどでもありませんよ。全ては神が課された試練。そして、私はこの信仰心が試される厳しい試練に見事打ち勝ったのです。貴方《あなた》がこうして現れたのは私へのご褒美です」

「あ、うん……相変わらずだな」

とにかくソアラは変わらずソアラってことだろう。

彼女は俺の後ろにいるカエデ達に視線を向ける。

「お久しぶりですねカエデさん。それからフラウさんも」

「お元気そうで安心しました」

「ふてぶてしさは全然変わらないみたいね。聖職者ってこう、もうちょっと慎《つつ》ましい格好をしてるものでしょ。なんなのそのテカテカした服とか宝石」

「聖女ともなればみすぼらしい格好はできませんからね。一応、トールの好みに合わせてデザインしていただいたのですが……お気に召しましたでしょうか」

薄い衣によってソアラのスタイルが浮き出ていた。

聖女らしく厳かな雰囲気はあるのだが、ところどころ露出をしているせいで扇情的だ。

「ご主人様、今のソアラさんは危険です」

「だから言ったんだ。離れてトール、あいつに食べられちゃうよ」

カエデとピオーネが俺の腕をそれぞれ掴み引っ張る。

あ、危険ってそっち？

「そう言えばパン太さんがいませんね。いつもなら撫《な》でてと真っ先に飛んでくるのですが」

「白パンは念願のパワーアップ中よ」

「そうですか。残念です」

ソアラは何かを思いついたのか、パンッと手を打ち合わせた。

「せっかくですので陛下にトールを紹介いたしますね。魔王ではありますが、信仰にとてもご理解のある素晴らしい御方です。お二人ともきっと分かり合えると思いますよ」

ピオーネは「心が病んでるだけで、基本穏やかな人だから」と付け加えた。

それって大丈夫なの？

◆◆◆

安宿の外では奇妙な光景が普通にあった。

ヒューマンと他種族がごくごく自然に交じり、魔族ですらも違和感なく溶け込んでいた。

僕が暮らしていた世界ではないのだと否応なしに自覚させられる。ここはヒューマンが支配する大地ではない。外海を隔てただけの世界と聞かされても別世界のように映っていた。

窓から視線を外しベッドで熟睡する男に目を留める。

死者であったはずの僕を蘇らせた男。

この大陸の支配者の一人である古の魔王イオスだ。

古の魔王がなんなのかは彼から一通り聞かされている。気が遠くなるほど永く存在し続けてきた結果、勇者ですら倒すことができなくなった化け物だ。この体には鑑定スキルがないのでレベルは確認できないが、その強さ《レベル》は確実に万に届くだろう。

くく、くくく、万に届く？

あまりの馬鹿馬鹿しさに自分で言っていて笑える。

あんなにも必死に経験値を積んでのし上がろうともがいていたのに、外には３００や４００の連中がゴロゴロしている。なんだここは地獄か。

身分不相応な生き方を求めた罰がこれなのか？

……いや、奴《イオス》さえ殺すことができれば僕にもまだ。

生前とは違い、このハイエルフの肉体は驚くほどハイスペックだ。五感は覆いを外したように明るく鋭い。第六の魔力を感じとる感覚もはっきりしている。これほどの能力を持ちながら奴隷の身分に甘んじるエルフには呆れる。

壁に立てかけていた大剣を静かに摑む。寝息を立てるイオスの首に狙いを定め、渾身の力を込めるべく振り上げる。

復活させてくれた礼だ。せいぜい僕の役に立て。

――振り下ろした刃を義手が止めた。

「たった数日で恩を忘れるとは、さすが我が見込んだ男だ。呆れを通り越して感心したぞ」

「これは違うんだ！」

「では何が違う。言ってみよ」

「ぎゃ」

一瞬で背後に回り込んだイオスは、僕を床に叩《たた》きつけて顔を踏みつける。

まずい。殺される。復讐《ふくしゅう》も果たせぬまま消えるのだけは。

話題を変えて意識を逸らすんだ。

「そろそろ教えろ。なぜ僕を復活させた」

「『なぜ』を気にするか。普通は『どうやって』を聞くものではないか?」

「あいにく僕には興味がない。死者蘇生を可能にする遺物くらいあっても不思議じゃないだろ。知りたいのはどうしてそれを僕に使ったのかだ」

「おいおい話してやる。物事には順番があるのだ」

顔から足が離れる。

た、たすかったぁぁぁ。次からはもっと慎重に——。

「その前に上下関係をはっきりさせておくべきだな。我は寛大だが手を噛《か》むようなペットをそのままにはしない。わきまえろ」

「ぎゃぁあああああああああっ!」

右腕を踏みつけられ骨が砕けた。

蘇って初めて感じる激痛。感覚が敏感なだけに痛みも以前の比ではない。

くそ、くそくそそっ。僕の腕をよくも。トールを殺した後、必ず貴様も始末してやる。

イオスは不気味な笑みを浮かべ僕を見下ろしていた。

◆

それからしばらくイオスとの旅は続いた。

奴は何も語らず、目的地さえも教えてくれなかった。

何より僕を苦しめたのは奴の男色である。毎晩体を求められプライドはズタズタだった。

「今宵《こよい》はなかなかよかったぞ」

「……ううっ」

どうしようもなく涙が止まらない。止まらないんだ。

掘られるべく蘇ったのか僕は。新しい扉を開きたいわけじゃないんだ。回数を重ねるごとに気持ちよくなっていく自分がどうしようもなく悲しい。ちくしょう。

「なぁ、いい加減教えてくれ。僕を蘇らせた理由を」

「貴様にそれだけの価値があった。これでは満足できぬか？」

「だったらなぜ僕を助けなかった。あんたはあの場にいたんだろ。首を切り落とされる前に救うこともできたはずだ。わざわざ回りくどく道具で蘇らせなくとも」

窓から差し込む月光。

光を背にするイオスがどのような顔をしているのかここからでは見えない。

「一つ面白い話をしてやろう。貴様らがいた島には元々魔王も勇者もいなかった。種族間の争いもほとんどなく平和な土地であった。つまらんほどに平和であったよ」

露骨な話題逸らし。

だが、機嫌を損ねたくない僕は大人しく聞くことにした。

「そこで我は無数の争いの種を蒔《ま》いた。百年ごとに現れる魔王もその一つだ。今やあの地には憎悪の美しき花が咲き乱れている。よい暇つぶしであったよ」

「歪《ゆが》んでいるな。僕には理解できない」

「くくく、貴様がそれを言うか。勇者とはほど遠い理想を抱きながら強すぎる我欲に身を滅ぼした凡人が。もう少しわきまえていれば、それなりに幸せな人生を歩めただろうに。特別製である彼に刃を向けるなど無謀と評するしかない」

意味深な言葉に僕は体を起こした。

暗闇の中でイオスが嗤《わら》っているような気がした。

「おや、気が付いていなかったのか。君の幼なじみは古代種の生き残りだ。魔王や勇者などよりも遥かに格上の存在。正統な世界の支配者だ。本人にその自覚はないだろうがな」

「トールが古代種……だと？」

散々馬鹿にしたあいつが僕より特別だというのか。

どんくさくて考えなしの、いつも行き当たりばったりの馬鹿な男が。

激しい嫉妬が湧き起こる。

「ふははは、嫉妬したか。せっかくの美形が醜く歪んでいるぞ。だが、そうでなくてはな。貴様の暗く欲深い感情だけが我の望みを叶《かな》える」

イオスは立ち上がり、ベッドに片手を突いて僕に顔を近づけた。

「やはりよく似ている」

「僕の先祖の話か？」

「いいや、そのモデルだ」

モデルとは？

疑問を挟もうとしたところでイオスの興奮が伝わり口をつぐむ。

また弄ぶつもりか。ちくしょう。

逃げようとするも簡単に押さえつけられてしまう。


おほっ、おほぉおおおおおおおおおおおおお!!

◆

国境を越えてとある大国へと入る。

依然として目的が不明なまま辺境にある屋敷へと到着した。

「誰のものだ？」

「決まっている。我だ」

意外であった。大陸の支配者に数えられるイオスが、このような田舎に屋敷を構えているとは想像もしなかったのだ。それに屋敷自体も派手なイメージとはずいぶんかけ離れたデザインをしている。

僕を招き入れた彼は迎える使用人達に手で応じた。

「お帰りなさいませ」

「留守番ご苦労だったな」

「そちらは？」

「贄だ」

執事とイオスが言葉を交わす。その中にはスルーできない不吉な言葉があった。

執事もメイドも魔族。彼らは僕に歓喜の目を向けていた。

「まことにおめでとうございます。長年の努力が実を結ぼうとされているのですね」

「あの御方が舞い戻ることで再び世界は二分される。平和に呆《ほう》けた同胞達も目を覚ますだろう。これからは我が出向いて混沌《こんとん》をもたらす必要はない。時代が戻るのだ」

「ならば予定通り？」

「こいつを地下牢《ちかろう》に入れろ」

ただのメイドじゃないのか、一瞬で背後に回られ僕は押さえつけられた。

振りほどこうとしても力で負けていてできない。

「裏切ったのか!?　復讐に手を貸してやると言ったのも嘘《うそ》だったんだな！」

「約束は守るとも。ただし、代償は支払わなくてはいけない。蘇生と強い肉体を得た代償は君自身だ。上手く融合すれば少しくらい自我は残るさ」

奴は笑いながら引きずられる僕を見送る。

天井から水滴が落ちる。鎖で壁に縛り付けられている僕は、舌を伸ばして次の水滴を受け止めようとした。

地下なのでここには光が差し込まない。時間の感覚も曖昧になる。

たぶん、たぶんだが、閉じ込められて一週間くらいではなかろうか。その間、水も食料も一切与えられていない。人は水を飲まなければ三日も保たないと聞く。たとえハイエルフだろうと例外ではない。ならば僕はもう人ではないのだろう。

イオスが使用した蘇生の遺物によって人とは別の何かになったのだ。

水滴は舌には落ちず十センチほど前を通り過ぎた。

飢えは負の感情を増大させる。今頃外でのうのうとしているトールを想像すると嫉妬と怒りがマグマのように吹き上がり、内側から焼き尽くしてしまいそうだった。

いつの間にか閉じ込めた張本人が鉄格子の前でニヤニヤしていた。

「調子はどうかな」

「――っつ！」

「そろそろ兆候が現れてもいい頃なのだが」

施錠を解いて牢の中へ入ってきた。

怒りがさらに膨れ上がる。

「せっかく来てやったんだ。興味を引きそうな話をしてやろう。そうだな、そろそろ君を蘇らせた方法を教えるとしよう。それが先にした質問の答えにもなる」

彼は懐から小さなガラスの筒を取り出し見せた。

「この中にあった蟲《むし》は世界に二つとない遺物でね、長年捜していたのだが最近になってようやく見つけたのだ。君の魂は今この蟲に取り込まれている」

喉の渇きに返事をする気も起きず、代わりに目で『それで？』と反応してやった。

声色からどことなく機嫌が良いのが伝わる。

「蟲は元々『他者を完璧なコピーに作り変える』道具だった。ここでいう完璧とは魂を有したあらゆる点において同一の存在だ。研究は完成せぬまま放棄され古代種達は去った。だが、幸運にも『彼』を収めた試作品はこの地に残された」

イオスは続ける。

「『彼』は多くの意味を持つ重要な人物だった。どうしても我には必要だった。そして、長い時間をかけてついに取り戻す方法を見つけた。それがこれだ」

背筋で冷たい汗が流れる。

こいつは僕に何をしたんだ。

「当時の技術でも完璧な複製を生み出すことは不可能だった。だが、完璧さを捨てさえすれば似た存在を創り出すことはできたのだ。その一つが『人格融合による疑似複製と魂の獲得』だ。難しい話ではない。一つの魂と二つの人格データを融合させるだけでそれは成るのだ。しかし、一つ問題が浮上した。融合させる人格にはいくつもの条件があったからだ。融合には極めて性質の近さが求められた。でなければ拒否反応を起こしどちらも崩壊してしまう」

二つの人格を融合させる、だと？

こいつ何を言っているんだ。

「ついでに肉体も厳選することにした。中身と器に拒否反応が起きないとも限らない。そこでハイスペック且つ遺伝的にも非常に近いジグの体に目を付けた。肉体を奪われた彼の魂は今頃地獄に向かっているのではないかな。くくく」

「僕を、どうするつもりだ……」

「融合するのだ。トールと同等の存在になれる」

頭に痛みが走る。頭蓋骨の奥で黒い触手が無数に這《は》いずっている感覚があった。何かが侵食してくる。僕の大切な場所へ潜り込んでくる。

「いや、いやだぁぁあ！　へぎゃほぎっ!?」

「刺激されたことで動き出したか。さて、融合完了までの暇つぶしを見つけなければ。我はしばらく出かける。それまでに素晴らしい怪物に育ってくれよ」

「とぉおる、とぉおる！」

「もう言葉も聞こえないか」

声は聞こえていた。大部分の意識がぐちゃぐちゃにかき回され思考がまとまらない。

イオスの姿を見送った僕は痛みに身をくねらせる。魂がより堕《お》ちる、そう表現するしかない未知の感覚が襲う。黒い奔流は勢いを増し体の内側で熱を持って暴れた。大切だったであろうものは黒く塗り潰され、なんだったのかも思い出せない。

その中で唯一あり続けたのはトールだ。

殺意がしんしんと降り積もりこの身を怪物へと変える。

眠りと覚醒を繰り返し、起きている間はひたすら激痛に襲われた。

「ドォオオル、ドォオオオルウウウウ！」

気が付けば体は膨れ上がり内側からの圧力が増していた。

そして、限界に達する。

皮膚を裂いて黒い肉体が表に出ると、さらに膨張して僕を呑《の》み込んだ。拘束していた鎖ははじけ飛び、なおも膨張は続く。

異変に気づいた執事が駆けつけ僕の姿に大きく目を見開いた。

「イオス様の仰《おつしや》っていた予定と違う」

「ドォオオルウウウ！」

「これでは本当に化け物――」

体当たりで鉄格子を破壊。

太く大きくなった手で彼を捕まえ頭から丸かじりした。

その瞬間だけ満たされる感覚があった。

頭の中で『死を。奪え。死を。奪え』の声が繰り返される。思考はひどく鈍い。それでもトールのことだけははっきり頭にあった。

まずは腹ごしらえ。あいつとの戦いはそれからだ。

地下牢を猛然と駆け抜け、勢いのままに一階へと飛び出す。

僕を見たメイドが悲鳴を上げていてとても心が穏やかになった。

いちいち捕まえるのが面倒だとか考えていたら、背中から触手が飛び出し次々に突き刺してくれる。触手は餌から液体を吸い上げ、僕はまたもほんの僅かだけ満たされた。

その間も体は膨張を続け屋敷を内部から破壊する。

空を覆う暗雲を見上げて僕は、ようやく自由になれたと感じた。

だが、まだまだ腹は満たされない。

なんだ、向こうに街があるじゃないか。

垂れる涎《よだれ》もそのままに走り出した。

第三章 ＞＞＞ 黒き魔物と紅の拳姫

ソアラの案内により魔王ベルティナの寝室を訪問する。

広い部屋にはぬいぐるみが山ほど置かれ天蓋付きのベッドがあった。

「ベルティナ様、ご気分はいかがでしょうか。ソアラでございます」

覆いの向こう側には女性が横になっていた。

「妾《わらわ》のもとへ来てくれたのね。はぁぁ死にたい」

「弱気なことを仰《おつしや》ってはいけません。私は聖女としていつまでもベルティナ様のお傍《そば》におりますよ。そのように約束したではありませんか」

「そうだったわね。神の深き愛に感謝を」

ベルティナの顔は神に仕える者として喜びに溢《あふ》れていた。

魔王の方がよっぽど聖職者らしい。

「ところであの者達《たち》は……？」

「友人でございます。それから彼がトール。以前にも申した幼なじみでございます」

「再会できたのね。おめでとうソアラ」

彼女は上体を起こし、心から喜んでいるように微笑《ほほえ》む。

どちらが聖女かと問われれば間違いなく魔王を指さす自信がある。

「そちらの方……もしや白狐《びゃっこ》？」

ベルティナの表情は怒りに変じ、部屋の中で魔力を帯びた風が吹き荒れた。

窓は弾《はじ》かれるように開き、覆いとカーテンは破れんばかりに舞い踊る。常人であれば瞬時に意識を奪われるような濃い殺気が室内に満ちていた。

だが、俺達は動じない。

古《いにしえ》の魔王が放つ、本気の殺気はこんなものじゃない。

「どうか冷静に。陛下」

「落ち着いて、ベルティナ様！　ふぎゃ」

ピオーネが吹き飛ばされごろごろ床を転がった。

魔力の嵐が収まりベルティナは大きなため息を吐《つ》く。

「争う意味もないわね。戦争はとっくに終わったもの。主《あるじ》を失ったことで我らは存在意義すらも失った。新たな意義を求め国家を形成し一時は満たされた。けれど時が経《た》つほどに空《むな》しさが広がり再び意義を見失ってしまった」

「イオスも似たようなことを言っていた、だから大戦を再び起こすと」

「そう、貴方《あなた》達はあれに会ったのね。昔は彼ももう少しまともだったのだけれど、永い時の中でひどく歪《ゆが》んでしまった。歪まずにはいられなかった」

俺はイオスとの戦いまでを彼女に説明した。

「――死んだのね。自業自得だわ。同情する余地もないくらいに。しかし、そのセインなる者を復活させた遺物、相当に危険な物だと思う」

「誰かを復活させると言っていた」

「もしかして破棄されたあの計画を完成させようとしていたのかしら」

破棄された計画？

「もっと詳しく教えてくれないか」

「古代種達は魂ごと肉体を奪う研究をしていたの。だけど魂に干渉する段階からどうやっても先に進めなかった。魂とは存在の器《うつわ》。人が直接触れるには複雑すぎた」

「すげぇ馬鹿な質問で悪いんだが、魂がないとだめなのか？」

「魂なき存在には『適応』と『成長』が与えられない。すなわち生を持たない。生きたまま死すことと なる。それでは彼らの考える理想には至らない。この研究は動物の魂を別の器に入れるのとは訳が違う。完璧なコピーを作り出せなければ成功とは呼べなかった」

で、最後まで成功せず研究は放棄された。

だとするとイオスが蘇《よみがえ》らせたのはセインではない？

奴《やつ》の口ぶりからもそんな雰囲気があった。

「これはあくまで予想だけど……彼はオリジナルをそのまま複製するのではなく、二つの人格をあえて混ぜることで、どちらの記憶も有した新しい存在を創り出そうとしているのではないかしら。だけどその場合、拒否反応の少ない、限りなく性質の近い人格が必要になる。器もそれにふさわしいものを用意しなければならない」

「それって完全な複製を造るのと何が違うの？」

ピオーネの質問に俺も頷《うなず》く。

そこが一番気になっていたのだ。

「古代種がやろうとしていたのは、魂を一度空っぽにしてから新しい個体情報で満たすことだった。劣化コピーではない。あらゆる意味でもう一人の自分を生み出す研究だったの。その点、すでにある魂に別の存在を打ち込むことはさほど難しくないわ。ただし、それによって起きる問題は予想がつかない。だからこそ古代種も避けたのだと思うわ」

彼女の説明が正しければ、セインとジグはイオスが蘇らせたい人物の生贄《いけにえ》にされたのだ。

他者の魂を使って蘇るなんて、正直話を聞いた今でも信じられない。

そいつは悪魔か何かか。

「その古代種が蘇ったらどうなる？」

「仮にその人物が妾の知る古代種として……大戦の再開を望むなら魔王は拒絶できない。少なくとも古の魔王は全員参戦するわ。なぜならそれこそが妾達の存在意義だから」

ぞっとする。現在個々で立つ魔王達がたった一つの勢力に降《くだ》り、世界の覇権を求めて押し寄せてくるのだ。世界は崩壊する。確実に。

食い止めるにはセインを殺す以外選択肢はない。

だがしかし、肝心の居場所が不明だ。それに行方不明の仲間も捜さなければならない。やるべきことは山積みだ。

ベルティナは俺と背中の大剣を意味ありげにちらりと見た。

「他に聞きたいことは？」

「特には。何を聞けばいいのかすらよく分かってないからさ」

「そうなのね。では客人。我が国でゆっくりしていきなさい。妾は貴方達を歓迎する」

「感謝いたします、陛下」

ベルティナの寝室を後にした。


「どうぞ」

「サンキュウ」

大聖堂内にある応接間にて茶を出される。

ピオーネは仕事があるらしくこの場にはいない。

「今や私は聖女と呼ばれる存在。向こうに戻ることはもうできないでしょう。多くの民草が私を求めているのです」

「戻れない……？」

「勘違いなさらないでください。これは私が望んだこと。迷える民衆を神の導きによって救うことが私に課せられた使命。そう使命なのです。ああ、なんと私は清らかで尊いのでしょうか。自己を犠牲にしてまで愚民共に神の教えを伝えようとするなんて」

「眩《まぶ》しい!?　ソアラさん、なんて輝きを！」

いやいや、よく見ろカエデ。こいつは自己陶酔で輝いてるだけだ。

決して聖女の聖なるオーラとかじゃないから。

しかし、彼女の言う通りこうなっては帰還は難しいだろうな。聖女はこの国に深々と突き刺さって根を張っている。

ソアラは諦めてピオーネだけでも連れて帰るとしよう。

クッキーをかじっていたフラウが呆《あき》れた声色で話に入る。

「ろくでもない性格に磨きがかかったわね。この国の人たちもよくこんなえせ聖職者を担ぎ上げたわ」

「心外です。私は純粋に人々を救おうとしたまで。一度も貢ぎなさいなどと申したことはありません。財布が潤うのは信仰心の賜物《たまもの》です」

「どうせ裏ではあくどいことしてるんでしょ」

「真意ははかりかねますが、私の手はいつだって清らかですよ?」

「他人に汚させてるのね。えげつないわ」

相変わらずソアラさんは怖いな。

味方で良かった。敵に回したくない人物ナンバーワンだ。

これで残るはネイ、アリューシャの二人だけとなった。この二人について何か情報を持っていないか、と質問をする前にカエデが似たような質問をする。

「ソアラさんならもう一つの漫遊旅団についても調べているのでは」

「そちらについては把握しております。どうやら設立したのはネイのようですね。驚くほどのスピードで規模とその名声を広げていると聞き及んでいます。向こうも私に気が付いているようですが、接触してこないのはまだ確信がないからでしょう」

「ピオーネみたいに搦《から》め捕《と》られるのを避けてるだけなんじゃない？」

「……盲点でしたね」

珍しくソアラが落ち込んでいる。

長い付き合いの友人に避けられるのは彼女でも堪《こた》えるらしい。

ただ、ネイの行動をまったく理解できないわけではない。俺がネイなら同様に再会を後回しにしただろう。どう考えても面倒ごとを押しつけられるからだ。そう考えると接触は失敗だったかな。先にネイに会いに行くべきだったかもしれん。

こほん、と咳《せき》をしたソアラは注視を促す。

「セインが蘇ったのは想定外でしたが、貴方方がいるなら何も問題はありません。聖女として依頼します。あの愚か者を再び地獄へ蹴り戻してください」

今のセインは私情を抜きにしても危険な存在だ。放置することはできない。

前回は他者の裁きに委ねた。今でも判断が間違っていたとは思わない。けれど、自身の手で終わらせられなかった点は心に靄《もや》のような物を生んでいた。

この靄を晴らせるとしたら方法は一つしかない。

「報酬は望む物を与えましょう。私が欲しいというならそれもありです。むしろそうしなさい。挙式は大聖堂でお願いしますね」

「勝手に話を進めるな。あと杖《つえ》で顔をぐりぐりするな」

「貴方方は大陸中央部を目指していましたよね。ならばついででかまいません。ウ〇コ勇者を始末してきっちり肥やしにしてきてください」

口も汚い。こいつ異大陸でも全然性格変わらないな。

ドアがノックされイザベラが入室する。

「トール様の知り合いだと仰る方が来られております」

「通しなさい」

イザベラは廊下側にいる者へ入室を促す。

許可を得た二人の女性は、どたどた足音を鳴らし入ってきた。

「トール様、ようやく臆病エルフを見つけましたわ」

「捕まえるのに苦労したデース」

「ぷぎゃ！」

それはマリアンヌとモニカだった。

二人はロープでぐるぐる巻きにしたアリューシャを床へ投げ捨てる。

仲間であるはずのアリューシャがなぜこのような状態なのか理解できない。マリアンヌのことだ、きちんと説明してくれるはず。

ここはひとまず三人とも無事であったことを喜ぶとしよう。

「トール殿!?　これは夢か!?　わたしは夢を見ているんだな！」

目を潤ませ泣きそうな表情で俺を見上げる。

以前と変わらない健康そうな姿に俺を含めた全員が安堵《あんど》した。

「例の事故に強い責任を感じていらっしゃるようでして。突然逃げ出したかと思えば、今度は殺してくれと訴える始末。やむを得ずこうして身動きのとれない状態に」

「分かっている。あれはわたしがしでかしたことだ。一時の気の迷いで逃げてしまったがもう覚悟はできている。煮るなり焼くなり好きにするがいい。ただ、トール殿にこのような無様な姿を見せないでくれ。いや、これも罰なのか？」

確かに話を聞いていないな。マリアンヌが事故だって強調しているにもかかわらずこの発言だ。拘束も已《や》むなしだな。

微笑みを浮かべたソアラとアリューシャの視線が交差する。

「お元気そうですね、アリューシャさん」

「貴様も無事だったか。ところでなんだその淫猥《いんわい》な格好は。おまけに宝石もごてごてつけて成金にでもなったか。無駄に光を反射して眩しいぞ」

「己を責めることはありません。あれは神が与えた試練だったのです。たとえ貴女《あなた》が床を踏み抜かなくとも私達はこの地へ飛ばされていたでしょう。逃れようのない運命だったのです」

「な、んだと。では……わたしのせいじゃないのか？」

「故意だろうと事故だろうと今となっては些細《ささい》なこと。必要なのは神が課した試練に見事打ち勝った事実です。そう、もっと自分自身を誇らしく思うべきなのです。ですが、もしまだ罪の意識があるならそれは貴女の財布が重いからでしょう。さぁ罪と一緒に吐き出しなさい」

アリューシャの目がぐるぐる回っていた。

気を付けろアリューシャ、その女は金を搾り取ろうとしているぞ。

ふかふかの布団に飛び込む。

まさか宮殿に泊まれるとは考えもしなかったな。

山のようなご馳走《ちそう》に加え、風呂にも入ることができて今夜はぐっすり寝られそうだ。

「さっそく寛《くつろ》いでいるようですね。ですが、今夜は休めませんよ」

「その格好はなんだ!?」

部屋にやってきたのはソアラだった。

彼女は羽織っていた衣をはらり、と落としネグリジェ姿を露《あら》わにする。それから俺に覆い被《かぶ》さり、熱を帯びた目で至近距離から見下ろした。

ベッドがぎしりと鳴って緊張が高まった。

「できれば女の子を産みたいです。後継者にしたいので」

「ま、待ってくれ。カエデと結婚の約束をしていてそういうことは――」

「でしたら私とも約束をすればいいのです。どうせこの先たった一人だけを娶《めと》るなんて不可能なのですから、さっさと覚悟を決めて服を脱ぎなさい」

「ひぇ」

顔に迫る艶のある唇。香水を付けているのかとても良い香りがした。

そりゃあソアラのことは好きだし何度かそういう目で見たこともある。気になる異性の中には間違いなく入っている。だけど今の俺にはカエデがいるのだ。

彼女を裏切ることはできない。

「初めてをあげられなかったのは残念ですが、その代わりトールが望むあらゆることをしてあげますよ。聖女の献身がどれほどか、その身で味わってください」

脳裏で本能のドラゴンが『ぬほぉおおお！　ブレスが止まらん!!』などと興奮状態で炎を勢いよく吐き出していた。理性は『耐えてくれ盾！　耐えるんだ!!』などと叫びながら盾で防ぐだけで精一杯。

ドガァァン。

突然、何者かによってドアが蹴破られる。

「そこまでです！　ご主人様から離れてください！」

「やってくれたわね腹黒聖女。隙を突いて主様を狙うなんて」

「ひどいよソアラ。ちゃんと話し合って決めようって約束してたのに」

「トール様ご無事ですの!?」

「抜け駆けはダメデースよ。打ち首デース」

「やはりヒューマンは油断も隙もない。特にソアラ、貴様それでも聖職者か。恥を知れ」

カエデ、フラウ、ピオーネ、マリアンヌ、モニカ、アリューシャの六人が飛び込んでくる。ソアラは「時間稼ぎにもなりませんでしたか」と舌打ちした。

「眠り薬を仕込んでおいたのですが、レベルが高いと効き目も薄くなるようですね。計算外というほかないようです」

そう言いつつソアラは俺から離れる。完全に悪役の台詞《せりふ》だ。

フラウはソアラの格好に顔を赤くしていた。

「なんてえっちな格好なの。これが大人の、色気?」

迸《ほとばし》る大人の色気に全員が圧倒されていた。

純情娘など敵ではないとばかりにソアラは腰に手を当てて豊満な胸を突き出す。

「今夜は仕入れた情報を提供する、ということで手打ちにしましょう。私の愛用している化粧品など知りたいでしょう?」

「「「「「「ごくり」」」」」」

六人は俺を置いて部屋を出て行く。

ドアは壊れたままだ。

……うん、もう寝よう。

翌日の朝食はまさに優雅であった。

豪華絢爛《ごうかけんらん》なダイニングに給仕の淹《い》れた食後のお茶が華やかに香る。

そろそろこういうのに慣れてもいい頃なのだが、未《いま》だに場違いな感覚があってむずむずする。一方の女性達は気にする様子もなくマイペースに雑談をしていた。

もちろん話題はアリューシャの一件だ。

「逃げ出すなんてバカじゃないの。思い込みが激しいその性格、少しは直しなさいよ」

「ぐぬぅ、悔しいのに言い返せない」

「で、あんた、例の転移からずっとスープを売ってたの？」

「馬鹿にするな。忙しい傍《かたわ》ら、戦闘技術を磨いていた。さらに中級の精霊とも契約し、わたしの力はもはや以前のそれとは比べものにならない」

竜眼を発動するとアリューシャの肩に黄色い虫がいた。

それは俺の視線を意識してかゆっくり背中側へと移動する。恐らく雷の精霊だ。以前見たものとは色も形状も違っている。中級だからだろうか？

ちなみに風の精霊も健在だ。

会話に興味がないのか彼女の頭の上で丸くなっていた。

彼女自身も武器と防具を新調しレベルも４００台と大きく上昇している。

「予定通り中央部へ向かいますの？」

「そうするつもりだ。ネイとはその後会いに行く。ネイが活躍している国は位置的に中央部の近くだしな」

大陸の中心地はもう目と鼻の先だ。

母さんの故郷を確認した後に南下してネイを迎えに行く予定である。

それらが果たせればこの旅の目的は叶《かな》ったこととなる。残るラストリア王との約束もすでに十二分に役割を果たし成果は出た。

旅の終わりがいよいよ見えてきたのだ。

「マリアンヌ達はこれからどうするんだ。やっぱり同行するのか？」

「そうさせていただくつもりですわ。わたくしには最後まで捜し続ける責任がありますので」

最後とは、考えるまでもなくネイのことだ。

もう一つの漫遊旅団を作ったのがネイである可能性はかなり高い。ソアラの集めた情報からも濃厚だ。それでも本当にその人物が俺達の知るネイかどうか、まだ完全には確定していない。

直接会ってこの目で確かめるしか方法はないだろう。

「私もついて行くデース。お父様から一肌だけでなく何度でも脱いでこいと許可を貰《もら》ってるデス。いざとなったら一族秘伝の超奥義を――マリアンヌ、何するデースか!?」

「脱がせませんわよ。わたくしあれほど淑女らしさを身につけろと言いましたわよね。覚えていますか？　ちょ、待ちなさい」

「説教は嫌いデース！」

モニカは部屋から逃げだしマリアンヌは追いかけた。

ふぅ、危なかった。マリアンヌが止めてくれなければ社会的に殺されるところだった。

俺はアリューシャに『お前は？』の意味を込めて目を向ける。

「もうしばらく異大陸にいるつもりだ。マリアンヌはああ言ってくれているが、状況から考えて引き金を引いたのはわたしだ。今更かもしれないがせめてネイだけでも迎えに行きたい」

分かった、とだけ返事をした。

テーブルの上でパンをかじっていたフラウがきょろきょろする。

「ソアラとピオーネの姿が見えないわね」

「お二人ともお仕事だそうです。ソアラさんは朝のお祈りに、ピオーネさんはその警備にあたっているそうですよ」

もう気軽に話しかけられない存在になってしまったな。

寂しさのようなものを感じつつ冷めたお茶を飲み干した。

◇

ずらりと並んだ騎士と兵が旅立ちを見送る。

その先頭にいるのは勇ましい姿のピオーネ将軍である。心なしか少し寂しそうにも見えた。隣ではエロい法衣《ほうえ》を身に纏《まと》ったソアラが微笑みを浮かべていた。

「あのさ、ささやかな見送りにしてくれって頼んだだろ」

「貴方は婚約者ですよ？　このくらいはさせてもらわなければ」

「は？　いつ婚約したんだよ」

「そろそろバラす時が来たようですね。この指輪、覚えていますか？」

忘れるわけないだろ。皆に贈った指輪だ。

それがなんだっていうんだ。

「トールは気づいていなかったようですが、これは婚約の証《あかし》として造られる指輪です。そして、貴方は全員に贈り、全員がイエスと返事をした。もうご理解いただけましたよね？」

「な、なんだとっ!?」

振り返ると全員が露骨に目を逸《そ》らす。

罠《わな》だったのか！　だましたなぁぁああソアラ!!

「断ってもかまいませんよ。ですが断られた方はひどく傷ついてしまうでしょうね。今後はバカで鈍感でろくでなしと呼ばれるんじゃないですか」

実質強制じゃないか。そうだ、カエデはどうなんだ。

カエデは全てを悟ったような遠い目をしていた。

「私はとうに諦めております。ご主人様は多くの方に愛される完璧な御方《おかた》。たった一人で独占するのは罪です。それに残された龍人《りゅうじん》の血を絶やさない為《ため》にはこの方法しかありません」

くそっ、退路は断たれた。これが既成事実って奴か。

状況的に断れる雰囲気じゃない。もし仮に断ったとして相手が傷つくのは必至だ。彼女達が結んだ友情にもひびが入るかもしれない。

がくっと両膝を折った。

「バカで鈍感な男ですが頑張って皆を幸せにします……」

「トールに神の加護があらんことを」

微笑むソアラが悪魔に見えた。

たぶん一生こいつには勝てない気がする。

気を取り直しピオーネに別れの挨拶を。

「ネイを見つけたら一度戻ってくる。その時に今後を決めよう」

「うん。道中気を付けてね」

「おわっ!?」

ピオーネが突然抱きついてきた。

ぎゅううっと力を込めてから飛び退《の》くように離れる。かと思えば顔を真っ赤にして走って行った。

背後でフラウとモニカがささやき合う。

「主様を裸で誘惑しただけのことはあるわ。油断ならない」

「彼女も秘奥義を使えるのデースか?」

「あんたの一族どうなってんの」

◆◆◆

俺達はソアラに貰った幌馬車《ほろばしゃ》に乗り込み都を出発した。

「おらおらおらおらおらおらっ！」

拳が魔物へめり込む。

オークキングの骨が粉々に砕ける感触が手に伝わった。

容赦はしない。この地に暮らす人々の安寧を守る為に。

「どりゃぁああ！」

最後の一発で敵は絶命。

後方に控えていた団員達が歓声をあげる。団員と同様に紅《あか》いコスチュームに身を包んだアタシは、漫遊旅団の団長らしく、そして、揺るぎない強さの象徴として拳を掲げる。

「お見事ですトール様」

「世辞はいい。オークキングを回収しておけ」

アタシはいつものように指示を出してその場を後にする。


「どうしてこうなったぁぁああ!!」

自室に戻ったアタシはソファにダイブする。

制服も適当に脱ぎ散らかし、団員には見せられないだらしない格好のまま、先ほどまでの言動を激しく後悔した。

一つ一つの経緯に間違いはない。やむを得なかったと断言することもできる。

なのにこの結果だけは受け入れられなかった。

少しだけ回想しようと思う。

この地に一人飛ばされたアタシは、衣食住を確保する為に冒険者として活動を始めた。

自慢じゃないがアタシは結構な数の修羅場をくぐってきている。最初こそ環境に戸惑ったが、受け入れてそれなりの力を付けるまでに時間はかからなかった。

ここがトール達のいる異大陸だと思い至ったのはかなり早かった。聞き慣れない地名ばかりだし、トールから転移であちこち飛ばされた話を聞いてたから、自分でも意外なくらいすんなり納得できた。

とにかくアタシは発見してもらえる確率を上げなければと、ない頭をひねりにひねって考えた。

闇雲にトール達を捜しても無駄に時間を浪費するかもしれない。腰を据えて待つ方が再会できる可能性は高そうだった。

その上であいつが絶対に無視できない、絶対に捜しにやってくる名前、トールと漫遊旅団を名乗ることにしたのだ。

それからトールっぽく困っている人を助けた。

本当にたいしたことはしていないんだ。特別なことをした記憶はまるでない。

仲間になりたいって奴らを受け入れていたら超大型パーティーの団長になっていた。それだけなんだ。

「今からでも自分の名前を伝えようかな。いや、どうして名を騙《かた》っていたんだと問い詰められるに決まってる」

だいたい考えてみればアタシってば、偽者できるほど器用じゃないじゃん。

統率力だってないし。戦術とかもないし。

トールと変わんないくらいバカなの忘れたのか。

あー、もうなんだよ『世辞はいい。オークキングを回収しておけ（キリッ）』って、恥ずかしすぎて死ねる。部下にいい顔し過ぎて孤高の人になっちゃってるし。

バカトール、さっさと全速力で助けに来いよ。

異大陸に行くって言ってたじゃん。

このままだとアタシ、羞恥心で死ぬ。

「団長、お休みのところ失礼します。至急お伝えしたいご報告が」

「ま、待て。よし、入室を許可する」

急いで脱ぎ散らかした服を拾い集めて着る。

頰《ほお》を両手でばちばち叩《たた》いてから、外向きの顔を作り、アタシは近くの椅子に座った。

入室したのは腹心。

彼女は一礼して報告を始める。

「先ほど偽者を捕縛したとの連絡が入りました」

「ビックスギアで授かったという称号は所持していたか」

「どうやらもう一方の偽者のようです。ただ、気になる供述をしておりまして、団長のお耳に入れておくべきと判断いたしました」

現在、漫遊旅団を騙る偽者は大きく分けて二つ存在している。

一つは各地で強盗や詐欺などを繰り返す、冒険者や元団員で構成された犯罪者集団。もう一つは東で名を上げ辺境の英雄と呼ばれている偽者だ。

アタシは後者をトール達だと予想していた。

だってさ、『漫遊』なんて称号を貰う馬鹿な集団なんてあいつらしかいないだろ。

アタシは部下に偽者狩りと称し、丁重に捕まえてくるよう指示を出していた。

「直接会う。案内しろ」

「ではこちらへ」

部下に案内されて一室に入る。

そこでは四人の男女が鎖に繋《つな》がれていた。全員見覚えがある顔。

うちのパーティーには行き場がなくてアタシに頼るしかなかった子達が大勢いる。だが、中には金と名声を得ることだけを目的に近づいてきた輩《やから》もいた。こいつらはそれだ。

協調的で努力を惜しまないなら居場所もあっただろうが、あまりに怠慢で横柄な態度が目に余り放逐するしかなかった。

まさか名を騙るなんて夢にも思わなかった。

リーダー格の男が足下で頭を下げる。

「どうかお助けを。出来心なんです」

「その割に自信満々にトールと名乗っていたみたいだけど」

「俺達だけじゃない。他にも漫遊の名を騙る奴らを見つけたんだ。あいつらを放置して俺達を捕まえるなんて不公平じゃないか」

四人はぎゃーぎゃー騒ぎ出す。

だが、気の短い腹心が男の首元に冷たい剣先を添えた。

「静かに。その偽者の話を詳しくなさい」

「は、はひぃ」

四人はとある街で出会った三人と一匹の話を始めた。

アタシは話を聞く内に疑念が確信へと変わる。トール達はもうすぐそこまで来ている。

「素直に話したんだ。助けてくれよ」

「……もう情報はなさそうだな」

アタシはきびすを返し「衛兵に突き出しておけ」と指示を出す。

廊下を歩きながら胸キュンとしていた。

大剣を背負った王子様が迎えに来てくれている。どこかでアタシのことを耳にしたんだ。遅いじゃないか、バカ。待たせやがって。でも嬉《うれ》しい。

「辺境の英雄の方はいかがいたしますか？」

腹心が追いかけつつ問いかける。

決まっている。待つ。

我がパーティーは今や三百を超す大所帯、国家やギルドからも一目置かれ、もはや凶悪な魔物の討伐でもない限り簡単には動けなくなった。

隣国にいるソアラも同様だ。あいつの場合、自業自得だと思うけど。

「トール様、そろそろ出発のお時間です」

「今回はゴブリンキングだったな。団員を集めておけ」

「はっ」

指示を出した後、アタシはステータスを開く。

【ステータス】
Lv：26700
名前：ネイ
年齢：26歳
性別：女
種族：ハイヒューマン
ジョブ：格闘家・踊り子・気功師
スキル：ダメージ増加Lv10・速度強化Lv10・防御強化Lv10・経験値増加Lv10

高レベルな魔物を狩りまくったおかげでレベルは2万台だ。

この域への到達を可能にしたのは『気功師』の発現である。

防御無視の内臓破壊攻撃を繰り出すことができるこのレアジョブにより、アタシは莫大《ばくだい》な経験値を手にすることができた。

トールのことだから今頃さらに上に行っているだろう。

それでも背中を守れるくらいにはなれているといいな。

気を引き締め軽やかに歩き始めた。

◆

ゴブリンキングは名前の通りゴブリンを束ねる王である。

人のように戦術的に敵を追い詰め、それ自体も一級の戦士と魔法使いを掛け合わせたように強い。

加えてこの異大陸ではただのゴブリンですら異常なまでの強さを有し、過酷な環境が原因なのか兵の数も桁違いに多い。

故にキングの討伐には国内有数の戦力が投入される。

その点でアタシが率いる第二漫遊旅団――アタシだけ密《ひそ》かに『第二』と呼んでいる――は高度に訓練されたトップ集団だ。

常に最前線に身を投じ、他の冒険者が逃げ出すような仕事も嬉々《きき》として引き受ける。だからこそこれほどの驚異的なスピードで上へと抜けたのだ。

望みはトールに再会すること。その為なら泥水だって啜《すす》る。

——腹心を連れて鬱蒼《うっそう》と茂る森の中を駆ける。

「報告。右翼の囲いが突破されました」

「キングは？」

「まだ中にいるものと」

スクロールで報告を受けた腹心がアタシへ報告をあげる。

現在、ゴブリンキング討伐作戦のまっただ中だ。

国王陛下直々の依頼ということもあり確実に首を獲《と》る必要があった。

名声をあげればあげるほどトールがアタシに気が付く可能性も高まる。もちろん信頼してくれている今の仲間へ報いたい気持ちも大きい。

「ぐぎゃあ！」

「邪魔です」

樹《き》の上からゴブリンが飛びかかってくる。

腹心は足を止めることなく魔法が付与された矢を撃ち放つ。

矢は不自然な軌道を描いて敵の眉間に刺さった。

レアジョブ『魔弓士』の能力だ。攻撃力だけなら魔剣士の方が数段上だが、多彩な遠距離攻撃と複数同時攻撃が可能な点から弓系最強と呼ばれている。

有名パーティーに即スカウトされてもおかしくない彼女だが、アタシと出会うまでどこにも相手にされず、毎日ギルドの前でぼーっと立っている空気のような子だった。

原因はその超攻撃的な性格だ。

弓士なのに前衛を差し置いて前に出る、フォーメーション無視の独断専行っ子だったのだ。結果どこのパーティーからも敬遠されるようになってしまった。

その点アタシはそういうの気にしないから、声をかけるのに躊躇《ちゅうちょ》はなかったなぁ。

今や結成時からの最古参メンバーであり、彼女のサポートがあったからこそアタシはここまでやってこられたと思う。

「もう間もなく目的の巣です」

「他は団員に任せる。アタシ達は一気にキングを叩く」

森を抜けた先にゴブリン共の巣があった。

すでに交戦中らしく地面には敵の屍《しかばね》が無数に転がっている。

当初の見立て通りこちらが圧倒的優位だ。

ゴブリンはその特性から攻めに強く守りに弱い。力のみの上下関係から仲間意識も薄く、土壇場で逃げ出す個体も相当数いる。

巣に入った時点でキング以外は敵になり得ない。

アタシは団員を見つけて声をかけた。

「キングは？」

「奥で隊長と交戦中です」

騎士のジョブを有した彼は、剣でゴブリンの心臓を貫き返事をした。

巣の奥では轟音《ごうおん》が響き土煙が上がっている。

ひときわ大きな衝撃が地面を揺らし、人を容易に押しつぶせるサイズの岩が飛んでくる。咄嗟《とっさ》に腹心が前に出ようとする。アタシは肩を摑《つか》んで止めた。

「百刀桜花《ひゃくとうおうか》」

手刀による切断。岩はばらばらになって地面へ降り散った。

岩を放り投げたそれはひときわ大きくひときわ強い。

見つけた。ゴブリンキング。

腹心をその場に置き去りにしてキングに肉薄した。

「グギャ!?」

拳が鳩尾《みぞおち》にめり込み骨を砕く音が伝わる。

薄い黒色の巨体をしたゴブリンキングは、体をくの字に折り曲げ口から血液を吐く。

「時間稼ぎご苦労だった。下がっていいぞ」

「美味《おい》しいところでご登場ですか姐《あね》さん」

「団長になんて口をきく。このうすのろのただ飯食らい」

「言葉の暴力っすよ」

二人の隊長は相変わらず仲が良いのか悪いのか曖昧な感じで揉《も》めている。

飄々《ひょうひょう》とした態度の若い男性は『錬金術師』。

巨斧《きょふ》を握る気の強そうな女性は『獣戦士』。

獣戦士はビースト族に多いレアジョブだが、稀《まれ》に他種族にも発現するそうだ。一時的に種族的な能力を強化し身体能力を二倍にまで引き上げる。欠点としては理性が薄くなり本能が濃くなるところだ。

口元の血を腕で拭ったキングは、使い込まれた二つの手斧《ておの》を拾い上げ憤怒の表情で咆哮《ほうこう》した。

鋭い手斧の斬撃がアタシの皮膚を擦《かす》る。

動きはそこそこ速い。

けれど、アタシの敵ではない。

トール達と数多《あまた》の経験を積み、この地でレベルを上げながらさらに技に磨きをかけてきた。正直、アタシにまだこんな大きな伸びしろがあったのかと驚いたくらいだ。

「団長に何してくれてんだぁぁあ！　ビチグソゴブリンがぁあああああっ!!」

獣戦士が巨斧で敵の腕を砕き斬る。

ただでさえ口が悪い彼女は戦闘になると聞いていられないくらいの暴言魔と化す。獣戦士の影響だと信じたい。

劣勢とようやく認めたキングは苦虫を噛《か》み潰したような顔となり、ほんの一瞬、視線を逸らして後方の気配を確認した。逃走を考えているのだろう。

「逃がすかっての。粘着試験管」

錬金術師の投げた試験管が割れて粘度の高い液体がキングの足を止める。

さらに彼は『身体能力低下』『思考力低下』のデバフを付与した。

アタシの拳が鳩尾に命中。繋げて連撃。

攻撃を繰り出すごとに威力は増してゆく。踊り子の効果だ。踊るように攻撃から攻撃に繋げ、気功師による内臓破壊攻撃も上乗せされダメージは天井知らずとなる。

どんなに手加減していても二十発目にはキングの胸を拳が貫いた。

……もう死んじゃったか。

最近、レベルの上がり過ぎで技すらまともに出せなくなってるなぁ。強くなれたのはいいけど少しむなしい。

トールもこんな気持ちだったのだろうか。

そんなことを考えていると、腹心の魔弓士が報告にやってくる。

「敵戦力の大部分を片づけたようです。逃げ出した個体はいかがいたしますか？」

「放置しろ。残りは同業者の獲物だ」

頭を失ったことでゴブリン共は各地に散らばるだろう。それらを相手するのはアタシ達じゃない。その地に暮らす冒険者だ。

「キングの首を回収しておけ。アタシは先に戻る」

「了解っす～」

「喜んで！」

錬金術師はけだるそうに、獣戦士は歓喜のオーラを振りまきながら返事をした。

今でこそ隊長を務めているが、二人とも元は名のあるパーティーのリーダーだった。

錬金術師は多額の借金を肩代わりしてやったことで加入。獣戦士はピンチを助けてやったらパーティーごと勝手に付いてきた。

おかげでこうしていつも助けられている。

恥ずかしいので面と向かっては伝えないけど。

魔弓士を連れながら戦場を観察する。

「負傷者は？」

「死者なし。重傷者六名。軽傷者は十二名です。回復を行っておりますので、以後も死者は出ないかと。引退者も恐らくゼロです」

冒険者の辞め時は二つある。

年齢による体力的限界と、負傷によりそうせざるを得ない場合だ。彼女の言っているのは後者、今回の仕事で職を失う者はいないようだ。

漫遊旅団に人が集まる理由の一つに引退後の就職の斡旋《あっせん》がある。

無傷で引退できる者は少なく、できても特殊な経験から普通の生活にはなじめないことが多い。

引退者は決まって次の職に困っていた。

同じく引退していた身としては、その辺りが非常に気がかりだった。無視できなかった。

そこで各団員から引退後に希望する職を聞き出し、比較的それに近い前職を有する団員に指導させている。今では団員だった頃より稼いでいる者もちらほら出てきている。

アタシはトールほど強くもないし立派でもない。

助けられる数もたかがしれてる。

それでもせめて手の届く範囲でできることをしたい。

アタシは変わりたいんだ。トールに背負わせて逃げるだけの弱い自分じゃなく、あいつの隣で堂々と笑ってられる強いアタシに。もう後悔したくない。

「……この揺れはなんだ？」

「大群、いえ違う。重量のある塊がこちらへ近づいているようです」

魔弓士はエルフ特有の長い耳を、ぴくぴくと反応させ返事した。

見逃していた敵がいるのか。それとも新手か。

それは太い木々を根っこから弾き飛ばしながら一塊の土砂のようにこの場へ現れた。

それはアタシ達の目の前で動きを止める。

かと思えば不思議なものを発見したかのように首を傾《かし》げた。

頭から足先まで漆黒の生き物。体高はゆうに十メートルを超え大猿らしきフォルムをしていた。

背中からは触手らしき物体が生えていてうねうねとおぞましく動いている。顔は猿と虫を掛け合わせたような気味の悪い形をしており、その額には人の上半身が生えていた。

「ドォオル？」

「あんたは……まさか、死んだはずだ」

見下ろすのはよく知る顔だ。今では思い出すだけで吐き気を催す幼なじみの顔である。

意識が朦朧《もうろう》としているのか、目は焦点が合わず口からは涎《よだれ》をだらだら垂らしていた。出てくる言葉も意味のあるものではなく、魔物が発するような鳴き声に近い。

なぜ生きているのか。なぜこの異大陸に。

だがそれを聞く以前に抑えきれない怒りが腹の底から湧き出していた。

微塵《みじん》もコントロールを受け付けない本気の殺意。

「昇烈脚《しょうれつきゃく》！」

真下からの蹴り上げに醜悪な巨体は飛んだ。

地面に叩きつけられ轟音が響く。

理性なんて吹き飛んでいた。仲間のことも頭から抜け落ちるほどに。

すでに跳躍していたアタシはひっくり返っているそいつの腹へ渾身《こんしん》の一撃をぶち込んだ。衝撃が大地を揺らし亀裂を生む。並の魔物なら即死レベルだ。

「ドォオオルウウウ！」

「なっ!?」

無数の触手がアタシを狙う。二本をその場で躱《かわ》したのちに後方へと飛び下がった。

のそりと起き上がった魔物は真っ黒な血を吐き出し弱々しい呼吸を繰り返す。

「団長、助けに来ました！」

団員達が駆けつけたことで全身に悪寒が走る。

理由は分からないけどとても嫌な感じがあった。団員を近づけさせてはいけない気がした。

「こっちに来るな、避難していろ！」

「しかし――」

魔物から触手が伸びる。

その場で躱したアタシは、拳を握りしめ攻撃へと一歩足を前に出す。

だが、叫び声が聞こえて一時停止した。

触手が団員の体を突き刺し持ち上げていた。どくんどくんと何かを吸い取り続ける。

「助けて！　誰か助けて！」

「全てが……僕の全てが吸い取られる」

「あああああ、ああああああ」

触手に捕まった団員はみるみる痩せ細りミイラと化した。

アタシは手刀で触手を切断。しかし、もう遅かった。

仲間から触手を引き抜き抱き上げる。生前とは似ても似つかない姿に変わり果てた彼らは今にも崩れてしまいそうなくらい軽かった。

「こりゃあ、魔物と呼ぶには異質すぎるっすね」

錬金術師がぴくぴくする触手の先端を踏みつける。

先端には管状の針が生えていた。あれで団員から体液もろもろを吸い取ったのだろう。自分自身を呪いそうになる。怒りに身を任せ団員の安全に気が回らなかったなんて。

「見ろ、触手が再生している」

獣戦士が冷や汗を流す。

切断したはずの触手がぼこぼこ泡立ち元の形状へと戻っていた。本体も威圧感が増している。ダメージなどなかったかのようにこちらを睨《にら》んでいた。

鑑定スキルを有する魔弓士がミイラ化した仲間を深刻な表情で見つめる。

「レベルが1になっています……あの魔物は生命力と共に経験値を吸収した可能性があります。もし事実ならとても危うい」

「つまりどういうことなんだ？」

「我々は相手を倒すことで経験値を獲得できますが、あれは過程を経ず強さを得ることができるのです。戦いの最中だろうと触手の先端に接触した時点で終わりです」

経験値が奪われれば弱体化は避けられない。

それはつまり絶対強者である古の魔王にも勝利することができるということ。

仮に魔王の膨大な経験値が奪われるような事態にでもなれば、あれを倒せる存在はいなくなる。

その先の世界はひたすら逃げ続ける地獄だ。

人も魔物も刈り尽くされいずれ滅びの日を迎える。

「ドォォオオルルゥゥゥゥウ!!」

魔物はひときわ大きく咆哮し逃走する。

だが、誰も追いかけない。この状況に戸惑い動けなかったのだ。

冷静な魔弓士は続ける。

「あれは我々の手に余ります。ひとまず戻って国に報告を」

「ごめん……帰れない。あいつはアタシが殺さないと」

「トール様？」

団員の亡骸《なきがら》をそっと地面に置いて立ち上がる。

潮時なのかもしれない。本当のアタシに戻る時が来たんだと思う。

「アタシの名前はネイ。トールは、最愛の人の名前なんだ」

「突然何を――」

「この漫遊旅団は偽者なんだ。本物は別にいる」

アタシは仲間達へ告げる。

「本日をもって解散とする」

「お待ちください！」

魔弓士が回り込んで両手を広げる。

「まさか追いかけるつもりですか。危険です」

「関係ない。どこまでも追いかけて殺す」

「もしやあれと過去に関わりが？」

「……ごめん」

彼女達はあくまで生活の為に団に所属している。どこからも報酬の出ない個人的な復讐《ふくしゅう》に巻き込むわけにはいかない。たとえ報酬が出るとしても、それを確認する時間すら今のアタシには惜しい。

戻ってこられる保証もないし。

まぁ、解散させる必要はなかったかもだけど。

どうせ魔弓士が中心になって新しいパーティーを結成するに違いない。できれば名前は漫遊旅団じゃない方が望ましいな。

「トール団長、いえ、ネイ団長。たとえ貴女の言う偽りがあったとしても、貴女を信じて付いてきた私達の心は本物です。何があったのかは聞きません。ですが、どこまでも追いかけると仰るなら気持ちは同じです」

「金にもならない個人的な事情だ。死ぬかもしれない」

「全て理解しております。最愛の者をあれに殺され憎しみを募らせたネイ様は、いつの日か倒すべく我々を集め鍛え上げたのですよね」

え!? ちがっ、全然違うって！

トール死んでないから!!

団員は納得したように頷いている。

獣戦士がぽんっと拳で手を打つ。

「なるほど、団長殿の恋人は漫遊旅団の前団長だったのですね。しかし、何らかの事情で正式に引き継ぐことができず地位を他の者に奪われた。だから偽者と。ご安心を。力も金も名声もある我々が動けば取り戻すことはたやすい。本物の漫遊旅団は我々です」

「ナイスアイデアっすね。いや～、団長にそんな悲劇的なエピソードがあったなんて知らなかったっすよ。トールさんも罪な男っすね」

錬金術師も顎を撫《な》でながら輪の中に入る。

だからトールは死んでない！

あー、もう、誤解がさらに深まった。

全部トールのせいだからな。早く迎えに来ないトールが悪い。

「あれの討伐に精鋭三十名をただちに選出します。それから馬と物資の用意を。我々が出発した後の指揮は貴方に任せます」

「自分は向いてないので彼女を推薦しまっす」

「錬金術師、貴様!?」

指名された錬金術師はさらりと獣戦士に流す。

魔弓士は心配していないのかやりとりを無視したまま精鋭三十名を挙げる。

「揃《そろ》いました」

「……勝手にしろ」

「ええ、勝手にさせていただきます。団長」

アタシは討伐部隊を引き連れ北上を開始した。

◇◇◇

目的地に近づくほど目にする遺跡の数も増える。

この先にはかつて古代種が建設した巨大都市があったそうだ。

古代種が消えた現在は、交易の要として他種族が入り乱れる都市に発展している。位置的にも恐らくそこが母さんの故郷だ。

正直そこに何があるのかは分からない。

俺自身何を探しているのかよく理解していないからだ。

ただ、せめて母さんの生まれ育った家だけでも見てみたい。家族や知り合いがいれば最高だ。その家族が俺と同じ古代種なら色々聞けるかもしれない。

馬車の荷台で流れる景色をぼんやり眺めながらそんなことを考える。

「暇ね。白パンがいないとつまんないわ」

「ふふ、やっぱり寂しいですか？」

「ほんの少しだけね。どこに行くにも一緒だったから違和感ありありなのよ。それにね、最近すごく寝付きが悪いの。寝床が硬いのよ」

「そうですか……」

おい、カエデが返事に困ってるぞ。

たとえベッドの柔らかさが足りないとしても口に出すなよ。友達としてよりクッションとしての比重が大きいのかと悲しくなるだろ。

「素晴らしい、素晴らしいぞこのベヒーモスとやらは！　エルフにふさわしい騎獣だ！　トール殿、一郎をわたしにもらえないか!?」

ベヒーモスに騎乗するアリューシャが目をキラキラさせている。

興奮しているのか耳もぱたぱたさせて子供のようだ。

馬に騎乗するモニカがむっとした表情で注意する。

「三頭ともお父様の領地で世話をする予定デース。余所者《よそもの》エルフに渡しはしないデース」

「嫌だ嫌だ。ベヒーモスを里に連れて行くのだ。こいつさえいれば魔物とヒューマンの侵入も防げるし移動も楽ちん。何より可愛《かわい》い！　欲しい！」

「自分の里くらい自分でどうにかするデースよ。ベヒ達はやらないデス」

一郎にしがみついて絶対連れて帰るとだだをこねるアリューシャ。

つーか誰かにやるつもりもないしモニカと約束した覚えもない。一時的にどこかで世話をしてもらうのはありだが、それはたぶん調査団になるだろう。騎獣ではあるものの調査団のメンバーとしてきっちり数えられているわけだし。

御者をしているマリアンヌは心底呆れているのか二人の会話に加わる様子はない。

隣で座っていたカエデが立ち上がって彼女に声をかける。

「代わりますので休んでください」

「お気遣い感謝いたしますわ。ですがせっかくですし街までわたくしに任せていただけませんか。何かしていないと落ち着きませんの」

「ネイさんですね」

「無事だと確信はしているのですけど……」

カエデはマリアンヌの隣に腰を下ろし会話を始めた。

俺は再び流れる景色に目をやる。

いつの間にか馬車は無数の剣が突き立つ森を抜けようとしていた。森には苔《こけ》のむしたオリジナルゴーレムの残骸などもあってこの地を守る番人のように見える。

「皆さん、あれをご覧になった方がよろしいのでは」

マリアンヌの弾むような声に前方へ意識を向けた。

俺達を迎えたのは見上げるほど巨大な、外壁とも橋ともとれそうな建造物。所々崩れひびが入っているものの今なお原形を留《とど》めている。

地面には石畳が敷かれ幅広な道が奥へと続いていた。

橋脚と橋脚の間を抜ければ程なくして森は途切れ、いきなり橋を積み上げたような構造物群が現れる。雨風に削られたその表面から遺跡であることは間違いない。道から外れた場所には柱がそのままに放置され、背の低い草花が優しい陽《ひ》に照らされていた。

「止めてくれ」

どうやらすでに街に入っているようだ。テイムしているとはいえ大型の魔物、連れて行けるのはここが限界か。

馬車を止めさせ荷台から身を乗り出す。

「一郎は森で待機だ。人は襲うなよ」

「ぐるぅ」

ベヒーモスを置いて先へ進む。

遺跡都市とされる範囲は非常に広く、一般的な街のサイズを遥《はる》かに超えていた。

しかしながらその大部分は人がいない手つかずの遺跡エリアだ。人口は都についで多く、冒険者業と商業が盛んな流行の発信地となっている。

人々が暮らす建物は比較的新しく、よくある街並みであった。

そんな風景に溶け込みきれず目立っている物があった。大量の遺物である。

古い壁に刺さった三十メートル近くある大槍《おおやり》、屋根代わりに使われるオリジナルゴーレム、赤い石で模したドラゴンの頭部に座る店主、光沢のある正方形の箱を積み上げている店などあげれば切りがない。

最も目を引くのは街を囲うように存在している巨大な純白の壁だ。

一般的な外壁とは違いそれらは板状で点々と置かれていて、かつて都市防衛の役割を背負わされていたのではと素人ながらに予想する。もちろんただの象徴的なオブジェだった可能性も否定できない。

かつてあっただろう以前の姿を想像するのも遺跡巡りの楽しみだ。

ちなみにここは遺跡都市であると同時に湖の都市としても知られているそうだ。都市の目の前には海と見紛《みまが》う大陸有数の湖があるのだとか。

遺跡に遺物に湖にと、とにかく観光に事欠かないこの街で到着早々に聞き込みを開始する。

「クオンって名前に聞き覚えはないか？」

「この街には毎日腐るほど人が来るからなぁ。そだ、向こうの店のドワーフなら知ってるかもしれないぜ。百年以上ここで商売していて顔も広い」

「サンキュウ」

俺は若いヒューマンの店主に礼を伝えその店へ行く。

「ん～、そんな奴いたかなぁ」

「どんな情報でもいい。二十年以上前にここで暮らしていたと思うんだ」

ドワーフは思い出すフリをしながら並んだ商品にちらちら目を向ける。

タダでは教えられないって顔だな。

適当な商品を摑んで金を支払うと途端に口が軽くなる。

「三十年以上前にそんな名の女がいたな。すんげぇ美人なのになーんもしらねぇんだ。これは何あれは何って何でもかんでも聞くもんだから、だんだん可哀想《かわいそう》になって色々教えてやった記憶がある。ああいうのを残念美人っていうんだろうな」

やった。やっと母さんを知る者と出会えた。

けど、俺が知る姿とは少し違う。初めて外に出た無邪気な子供のようだ。

「どこに住んでいたのか聞いてないか？　家があるなら教えてくれ」

「使っていた宿なら今もあるが……そういや湖から来たとかおかしなことを言ってた気がするな。いくつか島はあるが、遺跡があるだけで誰も住んでねぇはずなんだけどな」

「サンキュウ。また来るよ」

「毎度」

湖にある島、そこに手がかりがありそうだ。

カエデ達と合流すべく待ち合わせ場所へと急いだ。

◇

港から一望する湖は海のようであった。

水面から突き出た無数の遺跡、それを足場にして無数の白い鳥が止まっている。遥か先には島らしき影がうっすら確認できた。

足場になりそうな遺跡は十メートルから三十メートルの間隔であって今の俺達なら渡っていけそうだ。もし足場がなくなっても妖精の粉がある。このまま向かっても問題ないだろう。

「本当に残るつもりなのか？」

「空振りだった場合に備えて聞き込みは続けておくべきですわ。物資の補給もしておかなければなりませんし。わたくし達のことはお気になさらず目的を果たしてください」

マリアンヌ、モニカ、アリューシャは残って聞き込みを続けるようだ。

これだけしてもらっているのだ。なんらかの成果は手に入れたい。

「じゃあ行ってくる」

「行ってきます」

「また後でね～」

マリアンヌ達と別れ、軽やかに足場から足場へ跳んだ。


水面から突き出た足場は非常にもろくなっていて着地に耐えきれず度々崩れた。

近づくほどに島の輪郭ははっきりとなり大きさが伝わる。

島は本当に小さな島だった。緑に覆われ人が暮らすにはいささか狭い印象を受ける。

先を行くのはフラウ。

後ろにはカエデが付いてきていた。

さらに何度か跳躍を繰り返し、俺達は半ばほどにある広めの足場で休憩する。

「こちらをどうぞ」

「サンキュウ」

カエデから水筒を受け取り喉を潤す。

照りつける太陽と足下からの反射で意外にも暑い。

時折、ぬるい風が吹いて鏡のような水面が波打つ。穏やかで心の落ち着く、実に良《い》い景色である。

母さんもこの景色を見ていたのかな。そう思うと感慨深い。

「島までもう少しね。見れば見るほど人が暮らすには小さい島よね。本当にあんな場所に主様のお母様がいたのかしら」

「湖から来た、考えてみれば確かに不思議な言い回しですよね。明確にしないのはその場所を知られたくなかったのかもしれませんね。それにロズウェルさんが言っていた内容も気になります」

「古都だったよな」

あいつは『古都の行き方を伝える』なんて妙なことを言っていた。

それに俺が来ることも予期していた。いや、正確には母さんがだ。

占術師の使用する予知なら事前に知ることも可能だろうが、俺は両親のジョブをまったく知らないし、母さんがそれっぽい言動をしたのを見たことがない。

だとすると俺をロズウェルのもとに向かわせる予定が元々あったのか？

あるいはその両方？

そして、未だに使い道の不明なこの鍵。

マリアンヌから受け取ったこの鍵に意味はあるのか。

この先で全てが明らかになればいいのだが。

「あともう少しだ。頑張ろう」

再び遺跡を足場に跳躍する。

がらっ。俺が乗ると同時に足下が崩れた。反射的に次へ跳ぶ。

足止めを喰《く》ったカエデが沈んで行く遺跡を見下ろしていた。

「来られそうか？」

「はい。問題ありません」

彼女は九本の尻尾を広げ、魔法で風を創り出す。

ふわりと浮き上がったかと思うと、俺のすぐ隣で静かに着地した。

すげぇ。短時間なら飛べるんだな。

さらに驚いたのは、飛行している最中でもスカートがほとんど揺れないことだ。微細なコントロールで押さえているようだった。惜しい。

「まだぁ？」

フラウが一つ先の遺跡で待ちくたびれていた。


島へ到着した俺は、手庇《てびさし》で日差しを遮りながら見上げる。

深緑の木々に覆われた小さな島。

三十分もあればぐるりと一周できそうだ。

島には船着き場らしき場所もあって小型のボートが縄に括《くく》られ揺れている。水辺から奥に向かって道が敷かれており、申し訳程度に置かれたたった一本の街灯が風で揺れる。

本当に母さんはここで暮らしていたのか。あまりにも寂しい場所じゃないか。

静かで景色も良い。けれど、ぞっとするほど人気《ひとけ》がない。

「ご主人様……」

「行こう」

「当然よね。ここまで来て、引き返すとかありえないし」

雑草に埋もれつつある石畳を踏む。

「何か反応はないか」

「今のところは」

人も魔物もいない。静かだ。

周囲の草むらには生き物に踏まれた跡がない。この現在歩いている道ですら何年も人が通っていない雰囲気だ。管理されている感じがない。

奥に行くほどに草は生い茂り、途中からは歩いているのが道なのかも確認が難しくなる。

本当にこんな場所に母さんはいたのか。もっと、こう、もう少し楽しくて嬉しくなるような、温かい場所をイメージしていたのだが。

これじゃあまるで、父さんと出会うまでひとりぼっちだったみたいじゃないか。

なんだよこれ。誰か、誰かいないのか。

「ご主人様!?」

「どしたの、主様！？？」

無我夢中で草を掻《か》き分け進んだ。

この島の状況が、嫌な感覚を抱かせたからだ。

「はぁはぁ……」

木々が途切れ広い場所に出る。

一面に腰ほどの高さの草が生え、薄緑色の絨毯《じゆうたん》のように広がっていた。

先には神殿のような純白の建物がぽつんと取り残されたようにある。

導かれるように自然と足が向かう。

「なんだか寂しい場所ですね」

「やっぱり人をぜんぜん見かけないわよね。主様のお母様、ひとりぼっちで生きてたのかしら。それとも見当違いの場所に来たとか」

俺は首を横に振る。

何も分からない。ここが母さんの家なのかどうかすら。

草を踏みしめながら建物へ近づく。

階段を上がり閉じられた扉の前で止まった。そっと扉に触れる。

「うっ!?」

頭の中で絵や言葉が、津波のように押し寄せる。

そのほとんどは俺には理解できないが、この先にある道の使い方だけは呑《の》み込めた。

なるほど。ここで正解だったんだ。

「大丈夫ですか?」

「心配ない。それよりまだ先はあるみたいだぞ」

「え?」

扉を押し開け中へ入る。

ずいぶん永く放置されていたのか、光が差し込むと同時に大量の埃《ほこり》が舞った。

「なにあれ。おっきな玉が浮いてるけど」

「遺物、なのでしょうか？」

十メートルを超える銀色の球体。

表面はくもり一つ無い鏡面で、微動だにせず僅かに宙に浮いている。その手前には石板が置かれていた。

俺は迷うことなく石板に触れる。

奇妙な話だが、行き方はすでに知っていた。

『スキャン開始。ステータス偽装透過、遺伝子情報確認、評価ＳＳ、ＩＤ確認。超長距離転送装置の操作を許可します。受け付けました。起動開始します』

硬質な女性の声がどこからか響く。

カエデとフラウは見えない相手に挨拶した。

「あの、どうも初めまして。カエデと申します」

「フラウよ！　どこ、どこにいるの!?」

二人の慌て振りに苦笑する。

なんとなくではあるが今のは肉声ではない気がする。

ここに人がいないことはすでに判明していた。だとするとチュピ美のような声を記録したものではないだろうか。

『ゲート展開』

銀色の球体がぐにゅぐにゅ形を変化させる。

まるで液体、水銀のようだ。それはさらに大きく形を変えて一枚の扉となった。

『接続完了。オープンいたします』

ひとりでに扉が開く。

その先には薄い青と赤が渦を巻く膜のようなものがあった。

カエデとフラウは不思議そうに扉の裏を覗《のぞ》く。

「里にあった鏡のようなものでしょうか？」

「よく分かんないけど、この先に主様のお母様の故郷があるってことよね」

「だと思う。もしかしたら沢山の古代種がいるかも」

ようやく俺は、自身のルーツを知ることができるのだ。母さんがどこから来て、どうして父さんと結婚したのか。そして、なぜ俺が古代種なのかも。

――真実がこの先に。

「行きましょう。ご主人様」

「フラウ達が付いてるわ」

「ああ」

俺達は扉をくぐる。

第四章　＞＞＞　戦士は旅を終える

彼女の小さな体を抱き上げて安堵《あんど》したのを覚えている。

これでこの苦しい役目からも解放される。

私にも終わりが与えられる。

無垢《むく》な赤ん坊は私が何であるかも知らぬまま無邪気に笑っていた。

『彼ら』はなんと過酷で無慈悲な役目を背負わせたのだろう。産むことの叶《かな》わない私に母性を求めるなどと。

押しつけられた永遠は機械の私にも永く感じる。

差し出した人差し指をその子は握る。

この子で最後。この子だけは『外』へ行くことができる。

背負いきれないほどの重みを背負って外で生きるのだ。

「あーう？」

「貴女《あなた》をクオンと名付けます」

久遠の愛が未来を照らすと信じて。

◇

クオンは手のかかる子だった。

目を離すとすぐにどこかへ消え、予想もしていなかった場所からひょっこり現れた。

落ち着きがなく好奇心に溢《あふ》れ、肉体のスペック以上に無茶《むちゃ》をした。

おてんばが過ぎると私は説教をした。怒り方が悪かったのだろうか、彼女は反省ではなくスルーするスキルを伸ばしてしまった。それともこれこそが『彼ら』の望む要素なのだろうか。

私はこの子がちゃんとした大人になれるのか心配だった。

母になるのは初めてではない。

これまで多くの子供をとりあげ育ててきた。

今回求められているのは『完璧な母を育てる母』である。成し遂げるだけの機能は備わっていると自負はあった。だが、クオンはことある毎《ごと》に予定を狂わせ自信を砕いた。不思議とその破壊が心地よかった。

「ママに作ってあげたの」

「素敵なネックレスですね。大切にします」

貰《もら》ったのは木彫りのネックレスだ。

どう評価しても褒められる点が見当たらないできの悪い飾り。私はシチュエーションに合う感謝の言葉を採用した。

「わたしのぶんも、あるの」

「なぜ？」

「これは機械の印なの。これをつけてるとわたしもママと同じ機械なの。ママ？」

彼女を抱き寄せ私は反省した。

なんて馬鹿な子だろうか。今まで育ててきた子供達《たち》は誰一人としてそのようなことを言わなかった。皆早々に違いを理解し距離を置いた。この子だけは私のようになりたいと言うのだ。私の人工の心臓が強く収縮した。

◇

予想に違《たが》わずクオンの成長は早かった。

女性らしい丸みを帯び身長も年々私に近づいた。

知能の発達も予定ラインを大幅に超えて優秀であった。

ただ、私が知る『彼ら』とは少し違っていた。本能的で感情を優先させ、時には矛盾を含んでいても放置する。面倒くさがりで大雑把《おおざっぱ》で少し粗野な、時々理解しがたい娘になっていた。だらしない姿を見かけると『これが私が育てた完璧な母』なのかと深く反省することもしばしばあった。

しかし、同時に片鱗《へんりん》もよく見るようになっていた。

「うしし、当たんないよ～」

「※※※※※」

「え？　受けるだけじゃなく攻撃しろって？」

ゴーレムとの戦闘訓練も今では様になっている。

いずれ外に出るだろう彼女にとって戦う術《すべ》は必須だ。

彼女を傷つけられる存在は限られている。それでも不測の事態に備えておかなければならない。

伴侶となる者の能力を測るにも必要だ。

クオンとゴーレムが戦っている中庭を眺めながら私は、昼食を台車に載せて廊下を進む。

ゴーレムのマイケル（クオンが命名した）は、クオンの剣を捌《さば》ききれず頭にこつんと一発もらった。勝負あり。クオンの勝ちである。

「※※※」

「力を込めないのはマイケルのぼろぼろボディにこれ以上傷をつけられないからよ。ずっと長生きして私のこと覚えていてね」

「※※※※！」

「あ、うん。そうね。私の方が長生きするもんね」

あの子は変わらない。

さすがに機械になりたいとは言わなくなったが、それでも変わらず私達を慈しみ平等に扱ってくれる。

母と子の体《てい》をとっているけど奴隷と主であることに変わりはない。

彼女が本気で望めば我々はいかなる命令にも従わなければならない。だからこそ今までの子供達は失望し立場をはっきりさせた。

台車を押しながら部屋へと入る。

料理をテーブルの上へ置こうとしたところで、床にあった水に足を滑らせお皿が宙に飛んだ。

「ぬりゅあああ！　とった！」

「へぎゅ」

クオンが皿を受け取り私は顔から床へダイブする。

いたた、どうして貴女がここに。

中庭にいたはずでは。

お皿をテーブルに置いた彼女はついでにつまみ食いする。

「視《み》えたのよ。ママが盛大に転ぶ姿が」

「そうですか。ですが、できれば転ぶ前になんとかしていただきたかったです。それともつまみ食いをしたかったから床の水を拭かずにそのままにしたのですか？」

「そんなわけないでしょ。今日のママはおかしなことを言うなぁ」

目が泳いでますよ。

本当にこの子が母親になれるのか心配です。

ため息を吐《つ》きつつ立ち上がる。

そして、もう一度つまみ食いしようとする手を軽くはたいた。

クオンは完成された『占術師』である。

その目はいつどこであろうと自由に先を視ることができる。ノイズが多く時間もかかる不完全なそれとはもはや別物だ。これも完璧な母に必要な要素らしい。まだ目覚めたばかりで完全とはいいがたい状態のようだが、彼女は時折その力を使って私を助けてくれたりした。

時々彼女はどこまで視えているのだろうかと思う時もある。

機械の私ですら予測し得ない未来をすでに視ている気がしてならないのだ。

◆

クオンは立派な大人となった。

初めて抱き上げたあの日が百年以上前のように感じる。

と、同時に昨日のようにも感じていた。私の中の時計は正確に時を刻んでいたはずなのに、想《おも》いが体感時間をあやふやなものにする。

リュックを背負った彼女は落ち着いていていつもより大人びていた。

すでに外に通じる扉は開いている。

外の様子はデータとしては把握している。けれど全てではない。私の知らない彼女の身を脅《おびや》かす存在がいるかもしれない。可能性が頭をよぎり不安に駆られた。できればついて行きたい。彼女の危険は私が全て払ってあげたかった。

「落ち込まないでママ。しばらくは往復するから」

「このような過酷な運命、放り出しても良いのですよ」

「私の存在意義なくなっちゃうよ」

クオンは苦笑する。

「でも、とても楽しみなんだ。この先に待っている未来が。ママ知ってる？　人はいつか全ての人が幸せになれる世界を作ることができるんだよ。だけど、そこに至るには沢山の経験が必要なの。私はその手助けをしなくちゃいけない」

彼女が握る虹色のスクロールが輝いていた。

中にあるスキルは、彼女ではなく彼女の子供に受け渡される。

「いつかここに私の子供が来るわ。たぶん馬鹿で鈍感で心の優しい、立派に成長した男の子が。ほら、私って色々抜けてるからできていない説明も沢山あると思うの。だからフォローお願いね」

「そこはちゃんとしてくださいね」

「できるだけするわ……」

「目が泳いでますよ」

できるなら役目を忘れ自分だけの人生を生きてほしい、そのような念がいつしか芽生えていた。

もちろん九十九パーセントの確率で彼女は役目を全うしようとするだろう。逃れようのない宿命だ。

それでもせめて多くの時間を自分に割いてほしかった。

真の母とはほど遠い私が、大切に育てた愛《いと》おしい娘。

唯一私を母《ママ》と呼ぶ可愛《かわい》い末の娘だ。

「行ってくるわ」

背を向けた娘に深くお辞儀する。

これから託す殿方へ、どうか娘を頼みます。

◇◇◇

——暗い。

扉の先は、真っ暗だった。

ボッボッボッ。暗闇の中で導くように灯が灯《とも》る。

浮かび上がるのは長い道。

いや、これは橋。暗闇に浮かぶ古代の橋だ。

「真っ暗ね。下に何があるのかさっぱりだわ」

「鑑定でも見えません」

真下をのぞき込むフラウとカエデにも何があるのか見通すことはできない。

しかもこの橋、橋脚がまったくなく浮いている状態だ。

よく分からないまま俺達は先へ進む。

「なんなんでしょうね、ここ」

「さぁな。母さんなら何か知ってたかもしれないが」

どれほど歩いただろう。

数分、数時間、時間の感覚が曖昧になり、同じ道を繰り返し歩いているような錯覚を覚える。橋はとても長く終わりが見えない。

「すぴーすぴー」

飽きたフラウは、カエデの尻尾に包まれて熟睡していた。

フェアリーっていいよな。

誰かに付いて寝てれば目的地に着くんだからさ。

「あ、何か見えます！」

「休息所、ではないよな？」

橋の終わりは丸い広場のような場所だった。

そして、またもやあの銀色の扉があった。しかもすでに開いた状態だ。

早く古都に到着したい俺は迷うことなく扉をくぐる。


「沢山あるけど!?」

フラウの叫びは大きく反響した。

出たのは丸いドーム型の巨大な部屋だ。

中央から壁に向かって階段状になっていて、全体的にすり鉢のような形となっている。それぞれの段には無数の銀色の扉があって、どれもがっちりと閉じていた。

唯一開いているのは中央の扉だ。

通路となる階段を下りきり扉の前に立つ。

「帰り道を覚えておかないといけませんね。他の扉が開かないとも限りませんし」

「だな。でもさ、どこに繋《つな》がってるのか気にならないか」

好奇心に駆られた俺は、他の扉が開かないか確認しようとする。

が、フラウに襟を摑《つか》まれ引き戻された。

「今はこの先でしょ」

「ちょっとだけ。覗《のぞ》くだけだからさ」

「ご主人様がそう仰《おっしゃ》るなら仕方ありませんね」

「出た全肯定！　マリアンヌ達が待ってるの忘れたの!?」

ド正論で殴られ反省する。


「着いたみたいね」

扉を越えた先は白い空間だった。

床も壁も天井も全て真っ白。先ほど完成したかのように真新しく、吸い込む空気は澄んでいるように感じた。

どうやら巨大な構造物の内部らしい。

前後左右に延々と床が続く。天井を支えるのは等間隔に並べられた太い柱。触れてみると指紋がつくらい綺麗《きれい》に磨き上げられている。

まずは現状を再確認。唯一の帰り道である門はしっかり開いたままだ。索敵を行うカエデからも今のところ反応はないとのこと。ふと、門の周囲に足跡らしき泥が付着しているのに気が付いた。母さんのものか、それとも他の誰かのものか。

「ご主人様、向こうから風が吹き込んでいます。それに僅かに光も」

「先に行って確認してくるわ！」

「気を付けろ」

先行してフラウが偵察する。

十分ほどして戻ってきた彼女は「向こうに出口があった」と笑顔だ。

何があっても対処可能なように眷獣《けんじゅう》を呼び出す。ロー助には後方を、チュピ美には上下左右を警戒してもらう。

ちなみに索敵能力はチュピ美の方が高い。司令塔として備える能力のようだ。

歩き続けた先には螺旋《らせん》階段があった。

足を乗せると段が勝手に上へと移動させてくれる。

不思議な体験だった。上らずとも階段を上れるのだ。

「興奮冷めやらぬ心境です。私達がいるのはあの偉大なる種族の領域。大婆様《おおばばさま》にお伝えしたらきっとお喜びになります」

「未《いま》だに誰とも会っていないのは気になるよな。まさか母さんが最後の生き残りだったとかじゃないよな」

「そうなれば主様はますます責任重大ね。フラウやカエデと愛し合って沢山子供を作らないと絶滅するわよ」

「危機的状況で作るハーレムって嫌だなぁ」

螺旋階段の終着点は霧に包まれた場所だった。

霧は濃く周囲の状況は視認できない。

仲間に警戒を呼びかけ目印になりそうな物を探させる。

「あっちに光があるわ」

フラウが迷うことなく指さす。

だが、俺にはその光は見えない。カエデも同様なのか首を横に振った。

はぐれないよう互いに手を繋ぎ進み続ける。

「不思議ね。初めて来たのに懐かしい気がするわ。あ、そこ崖だから気を付けて」

「……まじかよ」

一歩外に足を出すと地面がない。

上から吹き下ろす強い風により、ほんの少しの間だけどこを歩いていたのか垣間見《かいまみ》えた。

濃霧が恐ろしく深い谷へ落ちていた。俺達が歩いているのは柵のない橋だったのだ。すぐに濃霧は周囲を覆い隠し道すらも隠す。

「もしかして巫女《みこ》の力でしょうか」

「かもね。さっきから声が聞こえるのよ。こっちにこいって。それに目もさえてすっごくよく見えるの。こんなの初めて、今なら何でもできそうだわ。世界もとれる！」

とらなくていい。とにかく安心安全に誘導してくれ。

「霧が晴れるわ」

予想は当たり次第に霧は薄くなって建物が浮かび上がる。

照らすのは二つの太陽。

風に吹かれて塔のような建造物が顔を出した。

俺の目には巨人達の足のように映る。さらに足下では白く舗装された道が露出し、次第に街並みもはっきり浮かび上がった。

――人気《ひとけ》のない白く無機質な街だ。

道にはゴミ一つ落ちておらず静寂だけが満ち満ちている。

住人はどこへ行ったのだろう。古代種達はどこへ。

「おーい、誰かいないか！」

「危害を加えるつもりはありません。どうか出てきてください」

「ダメだわ。どこにも人が見当たらない」

偵察から戻ってきたフラウの報告は予想通りであった。

建物の中を覗くと物や生活していたような跡はあるが、まったくと言っていいほど生き物の姿がなかった。時が止まったような嫌な静けさだ。

「ちゅぴ、ちゅぴぴ」

チュピ美は屋根に止まり警戒を続ける。

一方のロー助も高所をくねるように飛びながら監視を行っている。

「よく考えればここってお宝だらけよね。いくらでも遺物が手に入るじゃない」

フラウが店のガラスにへばりつく。

店の中にはスクロールの山があり、記憶にない道具も至る所にあった。

確かにお宝の山、なんだろうな。だとしても手を付ける気にならない。遺跡と呼ぶにはあまりにも綺麗すぎて、なんというか盗みを働いているような感覚に陥りそうだったからだ。

「探索は一度お休みにして休憩をされてはいかがですか。歩き通しでお疲れになったでしょう」

「俺よりも二人の疲労度が心配だよ。あれ、その鍋は？」

「あの家からお借りしました」

てきぱき食事の準備を始めたカエデの傍《そば》には真っ白な鍋があった。

他にも同様の調理器具がいくつか置かれていて、作業を進めるカエデはわくわくしているのか尻尾をゆらゆら振っている。

新しい調理器具や珍しい調味料を試す際によく見られる、わくわくカエデさんモードだ。

心なしかいつもより一・五倍増しで表情が明るい。

そんなに性能が良いのか？

鍋を摑んで持ち上げてみた。

「その鍋、すごく軽くて頑丈なんです」

確かに羽のように軽い。試しに鍋で地面を殴ってみたが、レベルが万に至った俺ですら破壊できなかった。ちなみに地面も無傷である。

古代種の技術力は進歩を続け、とうとう破壊困難な調理器具を創り出すに至ったらしい。恐るべきは庶民がそれを当たり前に所有している点だ。アルマンであれば間違いなく国宝指定される代物だろう。

しかしながら宝物庫に鍋がある光景はあまり見たくないな。

食事ができる頃には夜になっていた。


「むにゃむにゃ……白パン、美味《おい》しそうになって帰って来たわね」

酔い潰れたフラウはパン太の夢を見ているようだった。ボトルを抱えて眠るのは感心しない。

カエデも寝息を立てて熟睡している。

深夜だというのに街は暗く静けさだけが佇《たたず》んでいた。

見上げる夜空にはピンク色の月が輝いている。

なんとも不思議な場所だ。天獣域みたいな鏡の中にある世界とも違うようだし。

ま、いくら考えても俺には理解できないだろう。

「――――!?」

不意に視線を感じ飛び起きる。

けれど人らしき影はない。

……気のせいか？


早朝、探索を再開するも住人との遭遇はなかった。

もしかしたら誰かいるかもしれない。無人と決めつけるのは早すぎる。

しかし、三人と二匹で探すにはこの都は広大すぎた。

「どこまで続いているのでしょうか」

「考えたくもないな。とにかくとんでもない数の古代種がここに住んでいたのは確かだ」

高所から街を一望しながらカエデの作ってくれたサンドイッチを食す。

街にはちらほら木々の緑があった。

まったくの無機質ってわけではないようだ。

時々虫や鳥も見かける。人がいないだけでここは平和なのだ。……いや違うな。人がいないからこそ平和なんだ。

「ねぇ、あそこお城っぽくない？」

フラウが指さした方角には、お城とも神殿ともとれそうな建物があった。白い建物に紛れていて気が付かなかったらしい。

あそこに行けば何か手がかりが得られるかもしれない。

手早く食事を済ませた俺達は、大通りを抜けて例の建物へと向かう。

「――見てください、人がいます！」

建物の入り口で人を見つけた。

その人物は接触の意思があるのかその場から動かない。

近づくほどにその人物の外見がはっきりする。

ヒューマンらしき女性だった。

まぁ、俺には古代種とヒューマンの判別はできないので正確なところは不明だ。

作り物とすら思える整った容姿に品性を感じさせる洗練された立ち姿、そのせいで身に纏《まと》う簡素な衣類が悪い意味で目立っていた。

それから首には不細工な木製の首飾りが下げられている。

「戻れ。ロー助、チュピ美」

「しゃあ」

「ちゅぴぴ」

とりあえず眷獣を刻印へと戻す。

ようやく会えた人に敵意を持たれるのは避けたい。

「遥々《はるばる》遠き地よりお越しいただきありがとうございます。本機はM2KK－00742でございます。呼称として『ネーゼ』とお呼びください」

ネーゼと名乗った彼女は恭しく一礼する。

まさか、ゴーレムなのか？

一度だけ人間そっくりの生活支援型なるゴーレムを目《ま》の当たりにしたことがある。

あの時は僅かに違和感があったが目の前の彼女にはそれが一切ない。

彼女はにっこりと微笑《ほほえ》みながら沈黙を続ける。

「ご主人様。自己紹介を」

おっと、うっかりしてた。

住人に会えた嬉《うれ》しさから基本的なことが抜け落ちてたよ。

「俺はトール・エイバン。カエデに、こっちはフラウ」

「ようこそトール様。それではこちらへ」

促されて例の建物へ。

中へ入った瞬間にここが特別な場所であると瞬時に悟る。

純白の壁や床に、無数の光の線がうっすらと血管のように走っていた。エントランスには天井を貫くガラスの筒があって、その中にはエメラルド色に輝く、世界樹を小さくしたような樹《き》があった。

「あれは?」

「環境を管理する装置のようなものです。循環を促進させバランスを調整しているのです。地上に残る旧世代よりも遥《はる》かに高性能となり、難しかった小型化にも成功しています。あの濃霧もこの子が作り出しているのですよ」

「な、なるほど……」

とにかくすごい樹なんだな。

「一つお伺いしてもよろしいでしょうか？」

「なんでも聞いてくれ」

「どのようにしてここをお知りになったのですか？」

「母さんの故郷を探してここまで。家の地下に地図があったんだ」

地図を取り出し彼女へ渡す。

彼女は裏に文字を見つけ僅かに微笑む。

「記憶にある筆跡と一致します。クオン様のもので間違いないようです」

ネーゼは納得したように頷《うなず》いた。

地図を返してもらいさっそく母親について質問する。

「やっぱり母さんはここで？」

「クオン様はここで生まれ育ち下界へと旅立たれました」

「あの、下界というのは？」

「あなた方がいた地上のことです」

彼女は「詳しいお話はお部屋で」と案内を始める。

ネーゼを追いつつ俺達はおのぼりのように興味津々にきょろきょろしていた。

これほど異質な遺跡は初めてだ。遺跡と呼んでいいのか疑問ではあるが。とにかく見る物全てに興味を引かれる。質問したいことが多すぎて頭がパンクしそうだな。

フラウがネーゼの肩に乗った。

あ、こら。失礼だろ。

「これだけの技術があって、どうしてあんたはボロ布着てるわけ？」

「本機は主たる種族に仕える身ですので」

「奴隷ってことね」

「…………」

フラウの指摘にネーゼは黙り込む。否定ではなく沈黙。肯定ってことか。

偉大なる種族なんて呼んじゃいるが、その精神性は現代人となんらかわりないようだ。奴隷がゴーレムだっただけで、昔も今も実はそこまで違いはないのかもしれない。

「ネーゼさん以外もいらっしゃるのですね」

カエデの声に下げていた視線を上げる。

進行方向から見覚えのあるフォルムのゴーレムが歩いてきていた。

遺跡などでよく見かけるオリジナルゴーレムだ。無骨なデザインでゴツゴツしていて強そうである。しかし、細部が俺の知るものとは違っていてずいぶんぼろぼろだ。

そいつは俺達を視認するやいなや通路の脇に立ち止まって軽く頭を下げる。

目の前を通り過ぎてからもしばらく動かなかった。

「あれは？」

「量産型下位ゴーレムです。現在でも百機が稼働しております」

おおおっ、そんなに!?

並んでるところを見てみたいな！　絶対壮観だろうなぁ！

ドアらしき前で立ち止まったネーゼは、軽く右手を横に振る。

それだけでドアはひとりでにスライドした。

「どうぞ」

その部屋は実に奇妙だった。家具らしき物は一切なく大きな円盤状の舞台らしきものがあるだけ。

それから近くに俺の腰くらいの高さの石板があった。

「なんにもないじゃない。まさか、罠《わな》にはめようとしてる!?」

「いいえ。こちらの方が詳細をお伝えするのに適しているかと思いお連れいたしました」

彼女が石板に触れる。舞台に無数の光の線が駆け巡った。

線は寄り集まって面となり、瞬く間に一人の女性となった。

「母さん……」

優しそうな雰囲気の女性が佇んでいる。記憶の中の彼女よりずいぶん若い。

向こうはこちらに気が付いていないのか視線が定まらない様子。

懐かしさからつい舞台へと上がろうとしていた。

「これは記録映像です。本物のクオン様ではございません」

記録映像……？

触れようとするが手はすり抜けてしまった。

チュピ美の録音や、景色を切り取るメモリーボックスの上位互換だと推測する。

懐かしさと寂しさと歓喜が同時に押し寄せつい目が潤んだ。もし父と母が今も生きていたならどんな姿になっていたのか。年相応に老けていたのだろうか。

「ご主人様……」

「大丈夫。大丈夫だから」

何があろうと取り乱したりはしない。

ここに来るまでに多くのことがあり、その度に打ちのめされながらも歩き続けてきた。今の俺はパーティーを追い出されたあの日の俺よりも強い。

母さんが見えない誰かに指示を受け、俺達の方へ視線が固定された。

『こんにちは。私の愛しい子。貴方《あなた》がこれを見ているなら、私は課せられた役目を全うしたのでしょう。すでに聞いていると思うけど過酷な運命を背負わせてごめんなさい』

え？　過酷な運命？

てか、すでに聞いているってどういうことだ。俺は何も知らないぞ。

『本来なら私達自身で尻拭いをしなくてはいけなかった。でも、他に方法がなかったの。この方法しか解放される手段がないと結論が出てしまった』

「母さん、何を言ってるんだよ……解放とか」

『二大勢力が争いの場を星の海に移す中、我々は一縷《いちる》の望みにかけてこの地へ残った。彼らのように割り切ることはできなかったから。人として生きて死にたかったから』

母さんは見えない誰かに頷き、舞台から姿を消した。

「今のは……？」

「クオン様がここを旅立つ前に記録したメッセージです」

「ちゃんと説明しなさいよ！　今のはなんなの!?」

「ですからクオン様の記録映像と」

「そうじゃないの！　主様を見なさいよ、寝耳に水でいつも以上に間抜け面《づら》になってるじゃない！

過酷な運命とか意味分かんないんだけど!?」

おい、間抜け面は余計だ。でも少し落ち着いた。

カエデも心配そうに俺を見ている。

「まさか事情を知らずここまで？」

「そのまさかでさ」

ネーゼはやや驚いた表情をした。


「――そうでしたか。クオン様はもう」

これまでの経緯を受けてネーゼは納得した様子。

どうやらここへ俺が来ることは確定事項だったようだ。

母さんから直接説明を受け、この地へと訪れるはずであった。

だが、俺がここに来たのはまったくの偶然だ。

「お義母様はご主人様に何をさせようとしていたのでしょうか？」

「それには歴史を知っていただく必要があります」

ネーゼは再び石板へ触れる。

舞台に半透明な窓が開きリアルな絵が流れ始めた。これも記録物だろうか。

それはここことは別の街並みだった。人々は円盤に乗って自由自在に行き交う。色とりどりに輝く看板は見ているだけで楽しい気分にさせた。

「龍人《りゅうじん》――古代種と呼ばれる彼らは、卓越した知識と技術で瞬く間に地上の支配者となりました。栄華を極めた都市は楽園と呼ばれ、人々は快適さと贅沢《ぜいたく》を何の苦労もなく享受するようになったのです」

絵が切り替わり炎に包まれた世界が出現する。

空からは火球が降り注ぎ、大爆発が起きたのか真っ白となった。

「それでも争いは絶えませんでした。彼らは次第に死を克服することに傾倒して行きます。不老不死こそが世界を平和へと導くと信じたからです」

窓に白髭《しろひげ》の老人が映る。

大勢の人々が彼に向かって歓声をあげていた。

「彼らは長い時間をかけて『神の本』を発見しました。そして、技術はさらに発展し、本への干渉も可能となったのです」

そこでカエデが質問する。

「神の本とは？」

「具体的には『固有情報集積庫』へのアクセスが可能となったのです。そこは人知を超えた領域。この世にあるありとあらゆる物質の情報が保管された書庫のような場所です」

「もっと分かりやすく教えてくれないか」

「そうですね……ありとあらゆる物に変更が加えられる神様の本があった、というのはどうでしょうか」

なるほど。古代種はすんごい本を見つけたんだな。

で、それを発見したからなんだって？

「彼らはそこで種族の本を見つけました。そして、不老不死であると書き込んでしまったのです」

「「「えぇぇ!?」」」

三人揃《そろ》って驚きに声を漏らす。

いやいやいや、神様の本に勝手に書き込んでいいのか。つーか、そもそもこの話は必要なのか。

俺は母さんがここに来てもらいたかった理由を知りたいだけなんだが。

ネーゼは話を続ける。

「結果は大成功でした。望んだ通り不老不死となったのです。永遠の命が約束された彼らは、ありとあらゆる快楽をむさぼり一時の平和を謳歌《おうか》しました」

話の行く先が怖くなってきたのかカエデは腕にしがみつく。

フラウも俺の後頭部に隠れながら話を聞いていた。

「——彼らは、気が付くのが遅かった」

ネーゼは一度言葉を切り、再び歴史を語る。

「多くの有識者が警告を発しました。神の本へ書き込む前も書き込んだ後も。ですが、永遠の命を目の前にして聞き入れる者はいませんでした」

そうなってもしょうがないよな。

死の克服。誰もが一度は想像する夢だ。

当時を知らない俺ですら彼らの浮かれようが伝わった。

「その口ぶりだと、不老不死になるのは悪いことみたいに聞こえるわよ」

「やり方が非常にまずかったのです。神の本への書き込みは言うならば反則行為。世界のルールを根本から変える、やってはいけない方法でした」

えーと、それってつまり最低最悪な方法で夢を叶えてしまったってこと？

神様も言ってくれればよかったんだよ。勝手に書き込むなとかさ。

「神様はなんて言ってたんだよ」

「未だ神の存在証明はなされていません。ですが、そうなのかもしれない何かはいると多くの者が考えました。その理由が後の『進入禁止』です」

彼女は再び語る。

「固有情報集積庫による恩恵は莫大《ばくだい》でした。新物質の生成に新生物の生成、日々新技術が開発され彼らは輝かしい未来を夢見ていました。ですが、真実が発覚した時には手遅れでした」

ネーゼが石板に触れる。

直後に、数え切れない人々が殺し合う凄惨な光景が流れ始める。

老若男女関係なく鬼気迫る顔で。

何が起きたというのか。

俺達は地面に倒れた少年を見つめながら言葉を待った。

「彼らは根本的なことを見落としていたのです。それは死の喪失。不老不死は永遠の命を約束します。ですが同時に死のない永遠の覚醒をも与えたのです」

しばらくして死んだと思われた少年は何事もなく立ち上がり、殺し合う大人達の中心で悲痛な叫びをあげていた。

死のない世界を望んだ結果、永遠に生き続ける世界が生まれてしまった。

死は最後の安らぎだ。

終わりがあるからこそ生命は懸命に足掻《あが》く。

終わりのない世界を迎えた彼らの気持ちは俺には分からない。けれど、狂気に落ちるほどの絶望だったのは間違いない。この光景が物語っている。

「あの、神様の本に記載した部分を消せばいいだけの話では……」

「本来ならそれで済むはずでした。実際、彼らはすぐに情報集積庫へと向かったのです。ですが、進入はブロックされました」

「それってつまり？」

「アクセス不可能となったのです。原因は不明。集積庫への道が閉ざされたことにより観測も再変更も行えなくなったのです。一部の研究者はアクセス権を有する『我々とは異なる何か』によって経路が遮断されたと結論を出しました」

異なる何か。神だったのだろうか。

それとも俺達の想像を超えた別の存在。

ルール違反にはペナルティがあるものだ。

ソアラの言う天罰が降《くだ》ったというべきなのだろうか。

話を元に戻そう。

古代種が狂気に落ちたのは、不老不死から抜け出すことができないと確定してしまったからだろう。平和を求めた結果が地獄とは皮肉だ。

「彼らは死を求めて研究に邁進《まいしん》します。時間は無限にありました」

絵が切り替わり、人の赤ん坊と正統種ドラゴンの子供が映される。

どちらも大きなガラス製の筒の中で浮いていて、気泡が上がっていることから筒の中は液体で満たされているようだった。

「不老不死がどこまで適用されるか知るべく、彼らは自分達を構成する要素を抽出し、人工生命体として純粋培養することにしたのです。ここに映されているのはヒューマンとドラゴンの始祖――最初の実験個体です」

俺は思わず後ずさりした。

古代種がヒューマンとドラゴンを創ったっていうのか？

ヒューマンもドラゴンも眷獣と何ら変わりがない人工の存在だと？

頭がくらくらして足から力が抜ける気がした。

「ご主人様、大丈夫ですか」

「ああ」

「顔が真っ青よ」

「きゅ、休憩しないか」

ネーゼに目を向ける。

俺の様子は予想の範疇《はんちゆう》だったのか、彼女は表情を変えず頷く。

「しばし休息としましょう。向かいに部屋がありますので、ご自由に使ってください。食事についてもご命令があればいつでもお出しします」

彼女に礼を言ってから部屋を出た。

廊下でベンチを見つけた俺は、腰を下ろし一息つく。

「ぶっ飛びすぎてついて行けない」

「ですね。あ、すみません。飲み物とかありませんか」

カエデは通りかかったゴーレムに声をかける。

ゴーレムは言葉を発しなかったが、応じるように頷き、重い足音を響かせてどこかへと去って行った。

内心で順応性高いな、とか密《ひそ》かに感心する。

俺は今ので頭の中ぐちゃぐちゃだ。

「いつもの図太さはどこにいったのよ。主様は鈍感が長所でしょ」

「長所とか思ったことは一度もないけど……フラウはあの話、驚かなかったのか」

「別に。だってフェアリーは元から偉大なる種族を神として崇《あが》めてるし。里に伝わる伝承でも『神の種に仕えた小さき種』とかあるから」

てことはフェアリーも古代種に？

ずっと古代種は知識と技術がすごかったから崇められていると思っていた。

彼らは神なのだ。まさしく偉大なる行いを成した創造主達。

あ、いやでも、俺も古代種になるんだよな。

気持ちではヒューマンのつもりだったからすんげぇショックだったが、実際は現代人とはまた別の位置にいる。

なんだか余計複雑な気持ちになったなぁ。

ご先祖様がしでかしたってことだよな、これって。

再び重い足音が響き、先ほどのゴーレムがガラスコップを持って戻ってきていた。

「ありがとうございます！」

コップを受け取ったカエデはお礼を言う。

ゴーレムは用事は済んだとばかりに背中を向けて去った。

「どうぞ」

「サンキュウ」

うまっ。なんだこの水。ほんのり柑橘系《かんきつけい》の風味があるぞ。

しかもしっかり冷えていていくらでも飲めそうだ。

三分の一ほど飲んだところでカエデにも飲ませてやる。

「美味しいっ！　どこで手に入れたのか聞いておけばよかったですね！」

「やるわねあのゴーレム」

フラウもごくごく水を飲む。


「——話を再開いたします」

ネーゼは石板に触れて絵を出現させる。

それはひれ伏す人々の前で、白い衣を身につけた男が両手を広げ語る姿だった。

現在のソアラを彷彿《ほうふつ》とさせる光景。

「この頃には不老不死を受け入れる者も多く出てきました。彼らは自らを世界の調律者と称し、神のような振る舞いを始めました。ヒューマンやドラゴンだけでなく、さらに多くの他種族の製造に着手したのです」

絵が切り替わり再びガラスの筒が映る。

その中にはエルフ、ドワーフ、フェアリー、魔族が浮いていた。他にも見知らぬ種族の姿も。

絵が切り替わりどこかの部屋が映される。

そこには鎖を付けられたゴブリンが怒りを露《あら》わにして吠《ほ》えていた。

「魔物も……？」

「当時の世界は繰り返される戦争により荒廃の一途を辿《たど》っていました。そこで彼らは環境に手を加え在り方そのものを変えることにしたのです。それを行うだけの時間はたっぷりありました」

永遠の命を手に入れた古代種は、自身を神と割り切ることで心の安寧を保っていたのだろう。

だが、それでもたらされたのは世界の改変。

改変以前の世界は今とどう違っていたのだろうか。現代に生きる俺には想像もできない。

「世界は劇的に変化を遂げました。望んだ結果を得ることができたのです。ですが、落ち着き始めた人々の心を一つの報告が変えます」

ネーゼは深呼吸をする。

石板に触れると絵が変わった。

映されたのは人々を殺し尽くす複数の魔族の姿。

「特殊種族――魔王の誕生です」

古代種の永続性を絶つことが可能となったジョブ種族。

彼らの誕生により世界に再び転換期が訪れる。

死を待ち望んでいた人々はこぞって身を差し出した。

「魔王の登場により人口は激減。社会は機能不全に陥り混沌《こんとん》と化しました。その最中に台頭したのが『悪神派』と呼ばれる反社会組織でした。組織は魔王を強奪し、当時の政治体制に反旗を翻します。世界は二分してしまいました」

ネーゼは再び石板に触れ、絵が切り替わる。

今度はヒューマンのようだ。

「自らを神とし規律と正しさを求めた現体制の『善神派』は、対抗手段として対魔王ジョブ『勇者』を誕生させました。ここから永い泥沼の戦争が始まります」

神でありたい集団と人でありたい集団の争い。

窓には無数の兵器が映された。

平和を求め永遠の命を手に入れたはずが、今度はそれが火種になってどこまでも燃えていた。

ずっと戦争だ。終わらない争い。

古代種は賢い種族じゃなかったのか。

笑えるくらい愚かじゃないか。

こんなのがご先祖様なのかよ……。

「損耗に次ぐ損耗によって戦争はひとまずの休戦に至ります」

世界は戦争により再び荒廃していた。何度繰り返せば気が済むんだと叫びたくなった。

ネーゼは心情を察したように語る。

「物事には順番があります。彼らには不老不死は早すぎた。故にこのような無用な争いが繰り返されてしまったのです。そして、研究者による新たな報告がもたらされました」

まだあるのかよ。

もううんざりなんだが。

「魔王では、本当の意味で死ねないことが判明したのです」

死んでいるのに死んでないとか、もう意味が分からん。

彼女の話は馬鹿の俺にまったく優しくない。

「情報集積庫への干渉は想定外の事象を引き起こしていました。すなわち永続性は死後も続くということです。肉体を失った人々は『高次元情報体』として意識を保ったまま存在していたのです」

「それはつまり？」

「魂の状態で永遠に彷徨《さまよ》う、があなた方には理解しやすいでしょうか」

頭の中に魔物であるゴーストが浮かんだ。

今まで散々ぶった切ってきたが、あれらの一部には古代種もいたのか？

だが、俺でなんとかできるのなら遥かに賢く強い古代種が悩むことなんてなかっただろう。

「ゴーストとは別物であると認識してください。あれらは魔力に焼き付いた強烈な感情を依《よ》り代《しろ》に、生物のように振る舞う疑似生命のような存在です」

「じゃあゴースト系に自我はないのか？」

「稀《まれ》にそのような存在があることは確認しております。一部には精霊へ変化を遂げるものがいることも確認済みです」

話が逸《そ》れたので本題へ戻る。

えっと、魂の状態で彷徨うことが問題だったんだよな。

「このことから多くが判明しました。神の本がもたらす改変はとても強い強制力があり、死してなおその縛りは解かれることがない。逆に言えば真の意味で不老不死が完成したのです」

魔王の登場で半不老不死になれたはずが……その実、不老不死を完成させるだけだったと。魂になってしまえばもう干渉してくる存在もいない。

逃げ道が完全に絶たれた人々はどのような感情を抱いたのか。

あれ、ちょっと待て。じゃあ母さんは魂の状態で？

あくびをするフラウが質問する。

「でさ、結局主様にここに来てもらいたかった理由ってなんなの？」

「そ、そうです。お義母様がご主人様をここへ導いたお話をまだ聞いておりません」

「さりげなくお義母様って呼んでるじゃない！　ずっこい！」

「ばれちゃいました」

カエデは恥ずかしそうに両手で顔を隠す。

そっか、結婚するとなると義理の母親になるもんな。

嫌な気分になっていたが、ほんの少しほんわかする。

「ようやくクオン様が、ここを旅立たれた理由をお話しすることができます。先ほど本機は世界が二分されたと申しましたが、実際は第三勢力がございました。それがこの都市を本拠地とする『中立派』です」

中立派は二大勢力のどちらにも属さない。言葉通りの中立を貫く集団だったそうだ。

変化を恐れた旧社会を根幹とする者達で構成され、王族、貴族、研究者、エンジニアなどが主にいたとされる。

「休戦になった後、三大勢力は世界の再生に注力することとなります。しかし、平和は永くは続きませんでした。またもや戦争が勃発したのです」

だが、今回の戦争は違っていた。

古代種がほぼ登場しない代理戦争である。

どちらの陣営も疲れ果てていた。けれど掲げた理想を取り下げるつもりもなかった。

この頃には彼らの思想は原形を留《とど》めないほどに変わり果てていた。それ故、互いの主張はより相《あい》容《い》れないものとなっていた。

善神は天獣を創りだし勇者を筆頭に軍をぶつけた。

悪神は魔王と魔族を強化し対抗した。

ただ、以前の戦争と違い、この戦争はゲームの様相を呈していた。

逃れられぬ永遠からの現実逃避だったのか。それとも次の戦いへの前段階だったのか。ネーゼは語る。

「二大勢力が戦う間、中立派は争いを終わらせる為《ため》の方法を模索していました。神の本に干渉できないなら、別の方法で永続性を絶つ方法を見つけなければならないと考えたのです」

絵が切り替わる。

映し出されたのは聖剣だった。

「善神は最終兵器を創り出しました。【聖波動極大霊滅機二十七式】、すなわちそこにある聖武具のことです。理論上この兵器は魂すらも消滅させることが可能でした」

「まじかよ。じゃあ争いも」

「理論上は、です。この兵器には致命的な欠陥がありました。連続して使用できない上に使い手が極めて限られたのです」

使える奴《やつ》を見つけても救える人数は限られている。

どこまでも救われない。

「普通に使えてるけど……」

「現在は幾重にも封印が施されている状態です。ですが、それでも戦争を一変させるほどの力を発揮しました。悪神も対抗しようと似たような兵器を開発しましたが、結局同等の物を作り出すには至りませんでした」

ネーゼは石板に触れ、窓の絵を切り替える。

次に現れたのは虹色のスクロール。

「この兵器の登場が中立派を良い方向に刺激しました。神の本への干渉ではなく高次元情報体の直接的な破壊を思いついたからです。彼らはその手段の開発に着手し――」

カエデが挙手していた。

ネーゼは「どうぞ」と応じた。

「自らの力でできるなら、このようなことにはなっていないと思ったのですが」

「ほぼ不可能と考えられていたからです。ですが、この頃の技術力は可能な段階まで来ていました。ところで皆様はレベルアップがなんなのかご存じでしょうか」

「経験値を得ることで、ちょーパワーアップすんのよ」

「なぜと聞かれて答えられますか？」

俺達は沈黙する。

生まれた時から当たり前にあった。そこに疑問を挟む余地なんてなかったのだ。

魔物を倒せば経験値が得られレベルが上がる。

日が昇って沈むのと同じ。ごくごく普通の理《ことわり》だ。

「経験値とは言わば『存在力』です。それらを吸収することで、その身は少しずつ高次へと高まって行きます。情報の密度が濃くなると申し上げればよろしいのでしょうか」

彼女は続ける。

「限りなくレベルアップを果たせば高次元への干渉も可能となる。これが中立派が模索し続けた末に出した答えでした。そして、創られたのが『貯蓄スキル』です」

貯蓄……スキルだと？

物心ついた頃からすでにあった謎のスキル。

つい最近まで使用方法も効果もまるで不明だった。

こいつのおかげで今があるわけだが、なければ、もうちょいストレスのない人生を歩んでこられたのかなとも思う。

まぁそれでも、わざわざ俺のところに現れてくれた変な奴に感謝はしていた。

てっきり自分に発現した能力だとばかり思い込んでいた。

違ったんだ。

現実は違った。

「――中立派は最後の希望として貯蓄スキルを生み出しました。一定の経験値をため込んだ後、数倍にして解放する最強のスキル。これにより所有者は短期間で高次へと至ることが可能となりました」

窓に映し出される虹色のスクロール。

恐らくあれを使用することで、対象に貯蓄スキルを付与することができるのだろう。

だが、まったく記憶にない。

「ご主人様、顔色が……」

「大丈夫、大丈夫だ。これは俺の話でもあるんだ」

イオスは運命の子と呼んだ。

あの時はなんのことかさっぱりだった。

そう、俺は運命って奴にずっと肩を叩《たた》かれていたのだ。

「貯蓄スキルの完成に多くが喜びました。ですが、一つ大きな問題を抱えていたのです。それは誰に使用させるか」

「それのどこが問題なのよ。適当に選んで実行させればいいじゃない」

「簡単に決められるものではありません。彼らの、そして、種の未来がかかった計画なのです。創ることができたスキルの数も非常に少なく、失敗は許されませんでした」

人選は難航したそうだ。

必須となった条件は、永い寿命を有し、種の存続に当事者意識がある者。計画遂行後の種を導くことのできる者だ。

条件を満たす者は複数いたらしい。

だが、遂行者を引き受ける者は皆無だった。

ネーゼは明確な理由を語らなかったが、彼らにとってこの役目には引き受けたくない大きな何かがあるように思えた。

「彼らは悩んだ末に新たな計画を立案します。計画に必要な理想の人材を造る。遂行者の創造。そして、それは実行されました」

嫌な感覚があった。話の終わりが俺にも見えたからだ。

ネーゼはまるで俺がここへ来ることを予期していたようだった。ロズウェルに頼み事をした母さんも。聞きたくない、だけど全てを伏せてこの先を生きられるだろうか。

記憶に新しい少女時代の母の姿が悪意に満ちているように思えてならなかった。

「いい加減にしてください！　ご主人様、このような突拍子もない話など信じてはいけません！ご主人様はご両親の愛の結晶としてお生まれになったのです！」

「はぁぁ？　言っとくけど、主様はそんな遂行者とか賢い何かになれるほど立派じゃないんだから。

バカで鈍感でなんにも考えてないような顔をしてる主様なのよ」

二人とも……ありがとう。

ところでフラウ、ちょっと言いすぎじゃないのか。

ネーゼは悲しげな表情となる。

「申し訳ありません。しかし、これは紛れもない事実」

「話を、続けてくれ」

「遂行者は賢くある必要はない。むしろ愚かである方が望ましいとされました。理想の母親と理想の環境によって育成された理想の人材、計画の完了によって生み出されたのが『下界で育った古代種』なのです」

彼女は指先でネックレスに触れた。

とても出来が良いとは言えない木製の飾りだ。

「クオン様は貴方と会う日をとても楽しみにしていらっしゃいました。背負わされた運命など関係なく、素敵な男性と出会い幸せな家庭を作ると夢を抱いておいででした。きっとあの方なりに精一杯トール様を愛したはずです」

彼女の言葉に、ほんの少し気持ちが軽くなった気がした。

考えてみれば子供を作るだけなら、わざわざ外海を渡る必要もなかったんだ。

俺と同じく世界を回りながら多くの人達と出会って、冒険をして、恋をして、この人だと思える人と結婚して子供をもうけた。

彼女なりに運命に立ち向かった結果が、今の俺なのかもしれない。

「で、結局俺にさせたいことってなんなんだ。遂行者の役目ってのは」

「……鍵はお持ちでしょうか？」

鍵？　もしかしてあれのことか？

マリアンヌが持ってきた奇妙な形状の鍵だ。

取り出した鍵に彼女は、ほんの一瞬だが迷うようなそぶりを見せた。

「付いてきてください」

ようやく長い話が終わり、ネーゼは次の場所へと案内した。


そこは真っ白な空間。

壁は見えずどこまでも白い床が続いていた。

ぽつんと石板が一つだけある。

「ここは安らぎの部屋と呼ばれる場所です。全ての人々はここで眠り、来《きた》るべき日をひたすら待ち続けているのです」

「眠っている？　どこに？」

「お見せいたします」

石板に触れただけで部屋が動き始める。

広大な床に先ほどまでなかった切れ目が走り、無数の巨大な壁がすさまじい速さで上を目指して伸びる。全てが終わる頃には、見上げるような高さの分厚い壁が規則正しく並んでいる様ができあがっていた。

「なんですかこれ」

「ふぇぇ、壁がいっぱいだわ」

「こちらへ」

壁の一部を見せられ俺達は声が出なくなった。

人が、数え切れない人が壁の中にいた。

ガラスのような透明なケースに覆われ、その内側で静かに眠り続ける人間が。

ケースの表面には名前のような古代文字が記載され、その下では絶えず数字みたいなものが動いている。

「これが彼らに残された最後の楽園です。生きることに疲れ、死ぬこともできない彼らに残されていたのは永遠にも等しい眠りだけ」

「古代種がどこにもいないのは……」

「全ての中立派がここで眠ることを望んだのです」

目の当たりにして、徐々にだが不老不死のヤバさってのを実感しつつあった。

これを全て救えだって？

重すぎる責任に吐きそうだ。

「何人いるんだ」

「小さな数字を省いて一億四千万です」

「俺に全員救えと？」

「はい。それが遂行者です」

冗談だろ。俺は小さな村で生まれ育ったただの戦士だぞ。

一億四千万なんて数を救える器《うつわ》じゃない。

「あの、ご主人様に救えと言っていますが、具体的に何をするのですか？」

「そうよ、あんた何気にそこんところ濁してたでしょ」

ネーゼは出かかった言葉を呑《の》み込み、それでもなんとか答えようと口を開く。

貯蓄スキルを有する俺が行わなければならない計画とは。

「ここにいる全ての人を、殺してください」

その言葉は現実のものとは思えなかった。

幻聴、そうだ幻聴。

もしくは彼女の言い間違い。

「高次に至った者による破壊こそが救いなのです。もちろんすでに高次へと旅立たれてしまった方々も救っていただく必要があります」

「本気で言ってるのかよ」

「偽る必要はどこにもありません」

一億四千万人を殺せだって!?

なんだよそれ！　おかしいだろ!!

今すぐ逃げ出したい気持ちに駆られた。

けれど足から力が抜けてそれすらもできない。

「ご主人様!?　フラウさん、この人は敵です！　ご主人様を言葉で攻撃する敵！」

「嘘《うそ》を並べて主様を行動不能にするつもりね！　ふざけた奴だわ！」

「本機はクオン様ができなかった説明をしただけです。もちろんひどいことを申しているのは重々承知しております。それでもこれはクオン様と、ご子息である貴方の義務であり責任です」

カエデとフラウが武器を抜く。

ネーゼは無防備なまま俺へ語りかけた。

「貴方は——最後の王族なのです」

「……王族？」

「トール様には全ての遺産を受け取る権利と全ての国民を救う義務が残されました。今すぐどうしろとは申しません。ですがこれだけはご理解ください。ここで眠る者達はトール様にすがるしかない弱き者達なのです」

ネーゼの手が震えているのに気が付いた。

ゴーレムなのに。作り物なのに。

彼女が辛《つら》い役目を買って出ていることは理解できた。

貯蓄スキルは運良く手に入れた力じゃなかった。責任という名の鎖であり重し。なんてことはない。つまるところ俺も奴隷だったのだ。

「あんた、もしかして俺のばあちゃんなのか」

「それは……」

「首飾り、母さんが作ったんだろ」

母さんを育てた人ってたぶん彼女なんだよな。

ニュアンスもそれっぽかったし。

「……本機のような作り物が祖母など、恐れ多いです」

彼女はネックレスを握りしめ泣きそうな顔で下唇を噛《か》む。

そんな顔を見てしまうと、なんだか全てが馬鹿らしくなる。

「カエデ、肩を貸してくれないか。まだ力が入らなくて」

「どうぞ！」

言葉で攻撃されたってのは正しいかもな。

顎に良いのをもらったように、まだ膝が笑ってやがる。ははは。

「俺さ、馬鹿で鈍感だから言われた通りにするのすげぇ苦手なんだ。つーか、一億人も殺す度胸ねぇよ。母さんとばあちゃんの頼みじゃなきゃ関係ねぇって投げ出してたかもな」

「どうなさるおつもりですか？」

「他の方法を探す。ようは不老不死の問題を解決すればいいんだろ」

一度だけ振り返る。

この中に俺のご先祖様もいるのかな。

もしなんとかなったら、一発ぶん殴らせてもらいたいぜ。

◇

高いガラス天井から光が差し込む。

円柱形の広い部屋の壁際には、見上げるほどの巨大な石像が三つあった。

左は豊かな髭を蓄えた老人。

右は逞《たくま》しい筋肉質な男性。

中央には天秤《てんびん》を持った美しい女性。

部屋の中心には白く柔らかそうなソファが二つあった。ソファは僅かだが浮いている。何から何まで俺達の常識からかけ離れている。

「何を見ても驚かないと決めた傍から驚かされるよな」

「ほんとよね。わ、これすんごくふっかふかよ!?　何でできてんの!?」

「もっちりしていて程よい弾力……進化した椅子とはこうまで違うのですね。ご主人様も座ってみてください」

カエデに促されソファに腰を下ろす。

お尻が深く沈んだかと思えば、その奥にある弾力によって押し返される。

たとえるならこう、大きな生き物の腹に乗っかったような不思議な感覚。座り心地はパン太に近い。パン太を作った奴はきっといつでもどこでもこれに座りたかったのかも。

一度座ると立ち上がるのが嫌になる。

こいつは人をダメにするソファだな。はぁぁ。

「あの鍵、結局何に使う物なんだ？」

「王族にのみ与えられた特権です」

ネーゼは立ったまま説明をする。

特権ねぇ。王族とか国民全員殺せとかすでにお腹《なか》いっぱいなんだが。

頭のおかしい古代の人々が俺に何を与えてくれるんだって？

「トール様には全ての国民を目覚めさせる権利が与えられております。あの鍵はそれを行う道具。役目を全うする際はもちろんのこと、緊急報告時に使用するなどが想定されております」

「緊急報告時って」

「寿命が元に戻ったなどですね」

俺は母さんの鍵を取り出し眺める。

今も眠り続ける彼らは、目覚めの時こそが己の最後だと信じているのだろう。

王族なんて聞こえがいいだけの生贄《いけにえ》じゃないか。ようするに責任を押しつける都合の良い相手が王族だった、それだけだ。

なんとなくだけど、母さんが俺に鍵《これ》を渡さなかった理由が分かった気がする。

使ってほしくなかったのかもな。

遂行者にもなってほしくなかった。だから話さなかった。

けど、捨てることもできず、伯父さんのもとに残した。

他にどんな感情があってそうしたのか俺には推し量れない。もしかしたら憐《あわ》れんで、せめてもと所持品を置いてった可能性も否定できない。

「俺には重すぎる。ばあちゃんに預けておくよ」

「それはいけません。トール様は中立派の後継にして、三王家の一つ『フォーゲルシュタイツ家』の最後のお一人でございます。貯蓄スキルを有していることと同様に、その鍵は王家の者としての証《あかし》」

「ふぉ、なんだって？」

「フォーゲルシュタイツはあなた様の家名でございます。トール・フォーゲルシュタイツがあなた様の本当の名です」

いやだぁぁぁ。なんだよそれ。

貴族っぽくてはずかしい。

カエデとフラウがクスクス笑う。

「素敵ですご主人様。王族らしく威厳のある名ですね」

「この際改めるってのはどうなの。トール・エイバン・フォーゲルシュタイツってことで」

「まぁ！　それはいいですね！　なぜかクオン様も家名を嫌がって、旅立ちの際も名乗らないと頑《かたく》なに拒まれておりましたので」

そりゃそうだろ。

家名がキラキラし過ぎてて目立つよ。

自己紹介の時、相手がどんな顔するのか想像できねーよ。

「つーか、孫なんだからトールって呼び捨てにしてくれよ」

「ふぁ!?」

ネーゼばあちゃんは挙動不審なまでに目が泳ぐ。

なんとか絞り出して「オバアチャンジャ、アリマセンヨー」などとこの期《ご》に及んでまだ誤魔化《ごまか》す。

もうばれてんだよ。

あんたが母さんの育ての親だって。

てかさ、俺じいちゃんもばあちゃんもいなくてずっと憧れてたんだよな。だからここで出会えたのは最高のご褒美みたいなものだ。

「ト、トール」

「おばあちゃん!」

彼女は嬉しさ極まり目をうるうるさせる。

古代種の奴ら、俺の祖母に小汚い服を着せやがって。

考えれば考えるほどムカムカしてきた。いつか絶対にここから連れ出して最高に幸せな生活を送ってもらうんだ。

だが、それには片づけなければならない問題が残っている。

「とりあえず地上へ戻るよ。待たせてる奴らもいるからさ」

「いつでも来てくださいね。本機はいつでもあなた方を歓迎いたします」

俺は部屋を出ようとしたところで足を止めた。

大事なことを聞き忘れていたからだ。

「今の俺は高次とやらに達しているのか」

「あくまで仮説ですが、レベル１００万を超えた先がそうではないかと言われております。なにぶんそこまで到達した者がおりませんので」

１００万とか遥か先すぎて現実味がないな。

経験値稼ぎしてる間に寿命が尽きてしまう。

ま、別の方法で助けるとか大見得《おおみえ》切ったんだ、母さんとばあちゃんの為に頑張ってみるさ。

◆◆◆

アタシ達は国境をまたぎ例の魔物に追いつく。

連れてきたのは精鋭三十名のみ。

最少で確実に仕留められるだろう人選である。

「ドォオオルウウウウ！　ゴロズウウウウウウウ！」

「牽制《けんせい》しろ！」

いくら再生力が高くともそれを上回る攻撃で攻め続ければいつか限界を迎える。

魔弓士と魔法使いによる攻撃の雨に魔物はその場で足を止めた。

「メンバーに支援をさせてくれ。アタシはあいつをぶっ飛ばす」

「お気を付けください」

アタシは空中で体をひねりながら渾身《こんしん》の右ストレートを獣へ直撃させた。

内部から肉が爆《は》ぜ敵は悲鳴をあげる。

「こいつ――!?」

体表の一部がぼこぼこ泡立ち無数の触手が飛び出した。

アタシは素早く後方へ離脱する。

直後にどこからか魔法攻撃が発せられ獣は爆発した。

攻撃を行ったのは見知らぬ集団だった。偶然通りかかった地元の冒険者のようだ。

「この大物はいただく。さっさと失《う》せるんだな」

「よせ、あんた達じゃ勝てない！」

「もう虫の息じゃねぇか。それだけいて倒せないなんてたいしたことねぇな。どこの田舎パーティー――」

男の言葉は途中で途切れた。

触手が鞭《むち》のように彼らをなぎ払ったのだ。

魔物は反転し再び逃走する。

まずい、これ以上逃がすわけには。

腹心の口からも警告が飛び出した。

「この先には遺跡都市があります。なんとしてでも討伐しなければ」

「それくらい気が付いてる。まだ動けるな？」

部下達の顔に疲労が見え隠れしていた。

ろくな休息もとれないまま立て続けの戦闘である。無理をさせている自覚はあった。

それでも毅然《きぜん》と立ち振る舞い部下を引っ張る。

あれを追いかけ始めたのは個人的な恨みからだ。しかし、今はそれ以上に危機感がアタシを衝《つ》き動かしていた。

ここで止めなければ手に負えなくなる。

もっとひどいことが起きる。そんな予感があった。

「行くぞ！」

部下を引き連れ疾走する。

◇◇◇

母さんの目的が判明し、課せられた運命を理解した。

運良く力を得たのではなかった。

理由があって義務も責任もあった。ただ知らなかっただけだ。

これまで俺は目立つことを避けてきた。それは苦手ってだけじゃなく引け目のようなものを感じていたからでもある。たいした努力もせず強くなる自分が許されない存在だとどこかで思っていたからだ。だからひどい現実を目の当たりにして逆に安心した。

この力は救いを求める人々の為にあった。

それを知れただけでもここに来て良かったと思う。

母さんの気持ちを知れてばあちゃんにも会えた。俺がなんであるかも知ることができた。後悔なんてあるわけがない。

「過酷な運命を背負わせて申し訳ありません」

「ばあちゃんが謝ることなんてないさ」

「ですが……」

「あのさ、一回だけハグしてもらってもいいかな？」

俺は恥ずかしさに耐えながらなんとか絞り出した。

ネーゼは微笑み手を広げてくれた。胸の中へ飛び込めばじんわり胸が温かくなる。母さんと似た匂い。童心を思いだして目が潤んでしまった。

「またいつでも会いに来てくださいね」

「うん」

ああ、俺は……寂しかったんだろうな。

今ならはっきり分かるよ。

腕で目元をくしくし拭い、俺は笑顔で離れた。

「お二人もまた」

「お世話になりました」

「またねー。ネーゼおばあちゃん」

カエデもフラウも手を振った。

俺は何度も振り返り見送る祖母を確認する。

「主様、もしかして泣いてるの？」

「泣いてない」

「トール・エイバン・フォーゲルシュタイツ様だもんね」

「その名前はやめろ」

古代王家の血筋なんて冗談じゃない。

俺はただのトールだ。

ただの戦士トール。

「さ、戻りましょうか」

「だな」

◇

ゲートを越えて帰還を果たす。

遺跡から出ると僅かだが空気が変わっていた。

風に乗って届く血の臭い。

時折、びりびり地面が揺れている。

「変な感じね。街で何かあったのかしら」

「急ぎましょう」

水辺へと足を速める。

「まじかよ」

うっすら見える対岸で無数の黒煙が立ち昇っていた。

獣のような咆哮《ほうこう》と幾度となく起きる爆発。

街で戦闘が発生しているようだ。それもかなり大きな規模で。マリアンヌ達の安否も気になる。

急いで戻らなければ。

「先に行く」

「はい」

本気の超低空跳躍。蹴った地面が爆発したようにえぐれ俺の体は空気の壁を越えた。

走り幅跳びの要領で遺跡を足場にさらに跳ぶ。足を着けた遺跡は衝撃で吹き飛び、俺は崩れる前に次の足場へ加速する。

僅か三十秒で対岸へ到着。

状況を把握するべく見晴らしのいい時計塔の屋根へ飛び移る。

「ドォオオオルウウウウ！」

建物を破壊しながら不気味に吠える黒い獣。

背中から生えた触手が逃げ惑う人々に容赦なく襲いかかる。人々を串刺しにした触手は掲げるように邪悪に醜悪にうねうねとくねっていた。

謎の敵に魔法の集中砲火が浴びせられる。軍による魔法攻撃だ。

だが、効いている様子はない。雨にでも打たれるように平然と闊歩《かっぽ》する。

太い腕が建物ごと兵士を押しつぶす。鋭い牙の並ぶ大口が容赦なく人をかみ砕いた。

街の戦力がまるで相手にならない。

なんなんだあれは。どこからやってきた。

獣は広場に到達、俺も広場に降り立ち武器を抜いた。

そいつは鼻をつまみたくなるほど濃い血の臭いを漂わせていた。

「俺が相手だ。黒い獣」

「※※※※※!!」

獣は俺を認めるなり身の毛がよだつ声を発した。

かと思えば姿勢を低くし額の突起物をこちらへ向けた。

違う。それは人の上半身だ。

「――セイン、なのか？」

額から生えたそれは元親友であった。

虚《うつ》ろな顔で口からだらだら涎《よだれ》を垂らしている。とても正気とは思えない。漏れるように発する声からも意思を感じ取れず、魂の抜けた人形のように思えた。

「ドォオオルゥウウ！」

「っつ!?」

獣の腕が俺ごと地面をなぎ払う。

弾《はじ》き飛ばされながらも、舞い飛ぶ瓦礫《がれき》を足場にして反撃にでる。ノーモーション瞬間最速による両断。スライムを斬っているような妙な手応えのなさが気になった。

「ギャァァアアアアアア!?」

セインの悲鳴が地響きのように鳴る。

しかし、二つに斬られた肉体は瞬時に元の位置に戻り癒着してしまう。邪龍を彷彿とさせる尋常ならざる再生力。大人しく地獄にいればこんな醜い姿にはならなかったんだ。この大馬鹿野郎。

獣の腕が大きく振り上げられ反撃を予感させた。

「鳳烈豪脚《ほうれつごうきゃく》っ！」

女が砲弾のごとく飛んで来て獣へすさまじい蹴りを直撃させた。

敵は衝撃に耐えきれず吹っ飛ぶ。

くるりと空中で回転しながら着地した女性は、素早く残心の構えをとる。

足先から指先まで力が漲《みなぎ》っており一分の隙もない。その細い体幹とは逆に大岩のごとく存在感があった。

「ネイ！」

「トール!?」

ネイは構えを解くなり俺の腕の中へ飛び込む。

先ほどとは別人のようにはしゃいでいた。

「トールだぁぁああ！　トールに会えたぁぁあああ！」

会いに行くつもりが、そっちから来てくれるなんて。

話したいことは山ほどあるが、今は手短に状況確認だけしておくべきだ。

「なぜここに？　隣国にいると聞いたのだが？」

「あいつを追って来たんだよ」

獣がのそりと体を起こす。

奴の意識は完全に俺に向いていた。俺だけしか見ていない。

「触手には気を付けろ。生命力だけでなく経験値も吸収されるぞ」

「なんだよそれ」

イオスめ、厄介な怪物を残して逝きやがって。

みしっ、と足下の地面に亀裂が走り触手が飛び出す。危険を察した俺達は僅かに早く飛び退《の》いていた。触手は標的をネイに絞り猛スピードで追いかける。

「ネイ!?」

「アタシは気にするな。それよりセインを！」

ネイに迫る触手が突然爆散した。

攻撃を放ったのは建物の上で弓を握る女性だ。紅のユニフォームに身を包む弓士。見計らったように次々と同じ格好の者達が現れる。

「ご無事ですか団長！」

「助かった」

この異大陸で得た仲間なんだろう。

幼なじみ以外に友人らしい友人を作らなかったあいつが、あんなにも大勢に信頼されている。成長した姿に嬉しさ半分寂しさ半分だ。

「でりぁあああああっ！」

敵へ大剣をたたき込む。刃は肉を切り裂きぶつ切りにした。

だが、やはりというべきか手応えがない。肉と肉はぐにゃりと形を変えスライムのようにくっついてしまった。

もしかしてこいつ、不定形な魔物なのか。

再生能力が高いのではなくそもそもダメージを負っていないのだ。

攻撃をやめて飛び下がる。

「クラァァタ、ヤズモォオ、グウェイルゥ」

セインの肉体にある刻印が反応する。

だが、通常の反応とは異なり黒い稲妻が刻印から迸《ほとばし》っていた。

現れたのは黒く禍々《まがまが》しい三体の眷獣だ。

漆黒のクラータ。

漆黒のヤズモ。

漆黒のグウェイル。

中でもヤバそうなのがグウェイルである。

パン太に似た姿だったはずが今は悪魔のような凶悪な姿となっていた。

「敵が四体に増えただと……？」

どこまで強くなるんだ。

だがしかし、ここで心を折るわけにはいかない。

「ロー助、サメ子、チュピ美」

「しゃあ」

「ぱくぱく～」

「ちゅぴぴ」

三匹を呼び出しあの三体の掃討を命令する。

チュピ美はサメ子を足で摑み空高く飛翔《ひしょう》する。

ロー助はチュピ美の指示に従いクラータを引き受けたようだ。

チュピ美とサメ子も高速旋回しながら光線で地上のヤズモを追いかけていた。

残るはグウェイルだが、奴は初手からとんでもない攻撃を放つ。

至近距離からブレス攻撃だ。

「ネイ、下がれ！」

反射的にネイを後ろに隠し大剣でブレスを受け止めた。

極太の熱線が吐き出され、大剣を盾にしていてもその熱から皮膚が焼けただれて行く。周囲の地面はどろりと溶け始め俺の服も発火する。

「フラワーブリザード！」

「ぎゃうう!?」

ブレスが中断され真上からカエデが舞い降りる。

仲間がようやく追いついたのだ。

グウェイルは体を覆う氷を粉砕し何事もなかったかのようにうなり声を上げた。

俺達がグウェイルに足止めされている間、セインは触手で逃げ惑う街の住人を襲っていた。街を守ろうとする兵士も冒険者も串刺しにされ無残に宙づりにされる。まるで失ったエネルギーを取り戻そうとするかのような行動だ。

「ネイ、大丈夫か」

「無事だけど、すぐには動けないかな」

ネイは全身に火傷《やけど》を負っていた。直撃は避けられたものの余波である熱までは防ぎきれなかったのだ。

ネイが俺のズボンを摑んだ。

「必ず合流する。これはアタシの戦いでもある」

俺は黙って頷いた。

彼女の背後では紅《あか》い制服を纏った者達が待っている。

ここは彼らに任せるべきだろう。俺は戦いに集中すべきだ。

「ブレイクハンマァアアアアア!!」

フラウが流星のごとく降下、ハンマーでグウェイルをぶったたく。

彼女の本気の攻撃は衝撃波を発生させる。

「主様になんてことしてくれてんのよ！」

「グォオオオオオ！」

グウェイルの太く鋭い爪がフラウに直撃。

豪速で地面へ叩きつけられもうもうと土煙を上げた。

「フラウ!?」

グウェイルは再びブレスを放つべく大きく息を吸いこむ。

まずい。フラウではあれを防ぎきれないかもしれない。

咆哮が聞こえた後、予想していなかった方向から極太の熱線がグウェイルに直撃する。

空を駆け抜けた閃光《せんこう》は敵を湖へと弾き飛ばした。

巨大な飛翔物が地上に影を落とす。

純白の鱗《うろこ》に覆われた肉体。八方を常に警戒する六つの目。吐く息には濃密な魔力が混じっている。

神々しくも禍々しいそいつは、シルエットだけなら正統種ドラゴンのようであった。だが、ドラゴンではない。俺の刻印が反応しているのだ。

そう、これはパン太の帰還だ。

最強の姿を手に入れて合流したのだ。

パン太はこちらを一瞥《いちべつ》しただけで警戒を解くことはなかった。

湖の水面が爆発したように水柱を上らせる。

大量の水滴を滴らせグウェイルが姿を現した。

恐らくパン太とグウェイルは同じクラスに位置する眷獣。それも系統が異なったライバル的な眷獣なのかもしれない。

グウェイルは『付いてこい』と顎で空を示しパン太はそれに応じる。

二匹は強烈な風を置き去りにして螺旋を描くように舞い上がった。

最強と最強の熾烈《しれつ》な争いが開始される。

セインの眷獣は俺の眷獣が押さえ込んだ。後はセインを倒すだけ。

向こうも準備が整ったのか逃げるそぶりを見せない。

「旋々蒼焔《せんせんそうえん》！」

カエデが冷気を帯びた青い炎を創る。

それは大蛇のごとく胴体をくねらせる火炎竜巻であった。

あれも九尾の術の一つだろうか。

危険と察したらしくセインは凍り付いた肉体の一部を自ら引きちぎり距離をとる。

「ふっかーつ！　よくもやったわね！」

瓦礫を吹き飛ばしたフラウがふんがーと怒気を放つ。

四方を囲まれたセインは動きを止めた。

もう逃げ場はない。

「オオオオオオオオオオオオオオオオ!!」

突然、セインの肉体が震え絶叫する。

そして、黒光の柱が出現。

「何っ!?　何が起きてるの!?」

「攻撃に備えろ。広域魔法かもしれない」

「あれは!?」

光は天を貫き激しく大地を震わせる。

数秒ほどで柱は消え失せ、そこに先ほどまでいたはずのセインの姿はどこにもなかった。代わりに一糸纏わぬ姿の男が立っていた。

◆◆◆

ヤズモは追跡してくる二匹を振り返ることなく視認していた。

戦闘支援の能力しか持ち合わせていない眷獣だったそれは、強化されたことにより強力な遠距離攻撃を獲得していた。背部に備わった二つの銃身から撃ち出されるのは強力な貫通力が付与された弾丸である。

いかなる状況下でも対象を捉える目と、壁面だろうとたやすく乗り越える走破能力は、さしずめ高性能センサー付き立体移動砲台であった。

しかし、対するチュピ美も索敵能力において引けを取らない。

さらに高速飛翔による追跡と回避によって敵の背後を捉え続ける。しかし、それらは彼女の能力の一端にすぎない。真に恐るべきは高度な作戦指揮を可能とするその頭脳だ。

「ちゅぴぴ！」

「ぱくぱく～」

二匹の間で短いやりとりが行われる。

直後にサメ子からの攻撃がより激しくなる。

強化卵による能力増強はサメ子を一つ上の強さに押し上げていた。命中精度はより高まり一発一発の威力も上昇している。その攻撃の数にも瞠目《どうもく》すべきだろう。攻撃と攻撃の間に存在するインターバルが大幅に減り連射が可能となっていた。背部にある八個の『目』から発射される止《や》むことのない光線の雨は、赤い熱を帯びた穴を無数に創り出した。

「ぱく〜」

ヤズモの弾丸がサメ子に命中する。

だが、当たった本人は気にした様子もなく口をパクパクさせていた。

サメ子の真価は実はこの極度の鈍感にある。痛みに鈍く退《ひ》くことを知らない、愚かなまでの突進モンスターなのである。ただただチュピ美の命令に従い攻撃を継続する。

光線がヤズモの一部を焼き貫く。

「ちゅぴ、ぴぴ」

「ヤズズっ！」

チュピ美による勝利を確信した最終勧告である。

負けを認め抵抗を止めれば命まではとらない、そのような意味が伝えられた。

これにヤズモは拒絶を示す。

ヤズモは有利となる場を求め湖に飛び込んだ。

だがそれは悪手であった。それも最悪の手である。ヤズモは自ら終わりへと飛び込んだのだ。

チュピ美は摑んでいたサメ子を湖へ投下する。

「ぱくぱく〜！」

どぼんっ。勢いよく水しぶきを上げて着水、と同時に猛烈な速度でヤズモを追いかけた。

まさしく水を得た魚《うお》。サメ子にとって水の中こそがホームグラウンドであり、全能力を余すことなく発揮できる場である。

ヤズモの砲撃をサメ子は螺旋を描きながら華麗に躱《かわ》す。その胸びれは手のようでもあり翼のようでもあった。照準はすでに定められている。サメ子の背部より閃光が走った。

光の線は次々にヤズモへ命中する。

そして、サメ子は生体反応の消失を確認した。

◆

クラータとロー助の戦闘は継続していた。

互いに空を領域とする眷獣である。それ故か二匹はどちらが上かはっきりさせようと熾烈に争っていた。飛行型眷獣はプライドが高いのである。

短距離転移を得意とするクラータは瞬くように姿を現す。その度に四つの目から発射される光線がロー助を狙う。

クラータは攻撃手段の乏しい移動支援型の眷獣であった。

最大の特徴である短距離転移も主の魔力量に左右され使用回数が制限されていた。

強化はそんなクラータに力を与えた。

強力な火力と莫大な内蔵魔力による転移可能回数の無制限化。飛行速度も格段に向上しクラゲのようであった外見は付与された外殻により円盤のように変じていた。

敵を翻弄する神出鬼没な移動と攻撃は、クラータの元々あった高いプライドをさらに高くしていた。

一方、ロー助も攻撃を躱しながら追いかけ続ける。

強化後の移動速度は眷獣の中でも随一、攻撃力と防御力も共に大きく上昇している。しかし、ロー助には強化前も強化後も大きな欠点があった。それは遠距離攻撃ができないことだ。加えて物理に限られ魔法は使用できない。

ロー助は己が万能でないことはよく理解していた。

彼の脳裏によぎるのは頼りない毛玉のような先輩だ。己の無力さに打ちのめされ、それでもなお実力以上の役割を求め続けていた。ロー助はその姿を見ている内にとある疑問が生まれた。定められたスペックで収まる自分自身への疑問だ。

眷獣でも自力で成長できるのではないか。苦手を克服できるのでは。

そして、ロー助は手に入れた。新たな能力を。

「グラ〜」

「しゃあ！」

二匹は湖の上を低空で飛び続ける。

景色が流れる高速の世界で、ロー助は体をくねらせ光線を弾く。

クラータは攻撃が無効化されたことに動揺した。

全身に鏡面を有するロー助はまさしくクラータの天敵であった。

追いついたロー助が頭部の刃で攻撃する。

だがしかし、寸前のところで転移され背後から攻撃を受けた。

転移を封じなければ勝つことはできない、そう考えたロー助は勝負に出ることにした。

再び始まった追いかけっこにクラータは、確実にダメージを負わせられる転移先を思案していた。

光線が無効化される以上もう一つの武器である転移を活用するしかない。そんなクラータの思考が突然停止する。

ロー助が消えたのだ。

転移と転移の間にはほんの僅かだが間が存在する。一秒にも満たない、クラータがこの世界から完全に姿を消す空白の時間。どうしても生じる隙だ。だが分かっていても突くことが難しい隙。

クラータは狼狽《ろうばい》する。どうやって自身の目から隠れたのか。その方法が思い当たらず逃げることよりも捜すことに意識が向いていた。

「グラッ!?」

「しゃぁぁあああっ!!」

真下から水しぶきが上がり鋭い刃がクラータを貫いた。

クラータは痛みを感じながら驚愕《きょうがく》していた。

飛行型であるはずのロー助が水中を泳いだのだ。それはありえないことだった。眷獣は生まれた瞬間からできることが決まっている。スペック以上のことはできない。

「グラグラ、グララ！」

「しゃあ！」

クラータは『なぜ水中で活動できる？』と尋ねた。

『主様と先輩を見ていたらバカになったんだ』の意味を込めて返事をする。

ロー助は頭部の刃で敵を両断した。

◆

白と黒が大空を踊るようにぶつかり合う。

最強の眷獣として目覚めたパン太は、まだ自身の力を制御し切れていなかった。以前とは違いすぎる肉体とあふれ出るエネルギーは暴れ馬のごとく手綱を握らせてくれない。

対照的にグウェイルは完璧に自分自身をコントロールしているようであった。

「ぐるああっ！」

「グォオオッ!!」

パン太の太い腕がグウェイルを殴る。

しかし、即座にグウェイルも殴り返す。

二匹は空の遥か高く昇り続けていた。周囲の気温は低下し空気は薄くなる。雲の上に出ても攻防は続けられていた。

パン太は無我夢中で戦い続けていた。

本能で理解していたのだ。目の前の敵は宿敵であると。グウェイルも同様にそう感じているのかその目はパン太だけを捉えていた。

パン太は背部にある十二の『目』から光線を放射する。呼応するようにグウェイルも無数の光線を放射、攻撃と攻撃はすり抜け相手へ直撃した。それでも二匹は止まらない。ダメージなどなかったかのように風を切りながら高速旋回する。

体を回転させたグウェイルの尾撃が直撃した。

パン太は地上へと叩きつけられ血を吐く。

「グォオオオオオオオオオオッ!!」

同じく降下してきたグウェイルが咆哮した。

それはまるで『負けを認めろ』と言っているかのようだ。

起き上がったパン太は拒否するように咆哮する。

グウェイルが大きく息を吸い込む。ブレスの予備動作である。受ければ大ダメージは必至、一撃で死ぬことはないにしても行動不能になる可能性は高い。

パン太は逃げなかった。駆け出し真正面から立ち向かう。

閃光が、走る。

ブレスをぎりぎり躱したパン太は獣らしからぬ人のような動きだった。

旅の間に見続けた戦いの数々。生まれてからずっと記憶し続けた主人や仲間の戦い。彼の理想とする最強の姿は人であった。

グウェイルの足下でパン太は直立する両足を足で払う。

ブレスを中断し姿勢を保とうとしたグウェイルへ、続けて独楽《こま》のように体を横回転させ尾撃を打ち込む。負けじとグウェイルはパン太の肩へ噛みついた。

グウェイルは勝利を確信する。牙は肉を貫き骨まで届いていたからだ。

このまま肉を引きちぎって大ダメージにするか維持してじわじわ弱らせるか迷うところだろう。

そんなグウェイルの歓喜は一瞬で消えた。パン太が大口を開けていたからだ。

超至近距離からのブレスである。

逃げる間もなく超高温の閃光が吐き出された。

熱はグウェイルの皮膚を溶かし肉を炭化させる。逃げ出そうとするグウェイルをパン太は腕で捕まえブレスを吐き続けた。

攻撃が終わる頃にはグウェイルは黒焦げになり、ふらつきながらパン太から身を退く。

「ぐぉおおおおおおおおおおおっ!!」

パン太の咆哮がグウェイルを怯《おび》えさせた。

すでにどちらが王者であるかは明白だ。

グウェイルはそれまでの凶悪な姿など嘘のように逃げ出した。

しかし、パン太は逃走を許しはしない。尻尾を摑んで引き寄せ、その背中を踏みつける。敵の後頭部へフルパワーのブレスを吐き出した。

頭部を失った死体を踏みつけたままパン太は天へ吠えた。

◇

ざわっ、と寒気が全身を走る。

冷たいまでの美しい顔立ちの青年。

セインともジグとも似て非なる存在。

「私はザウレス。セインの魂とジグの肉体を取り込み新生した古代種だ」

「イオスが復活させようとしていた奴がお前なのか」

「そうだ、と言いたいところだが少し違う。私はザウレスであると同時にセインであり、ジグでもある。故に初めましての挨拶は不要だろう」

カエデが耳打ちする。

「敵のレベルは10万です」

「ぎりぎりだな」

スキルと聖武具で強化してなんとか同等、それもレベルだけの話だ。引き出しの多さには自信があるが、向こうの能力次第で通用しない可能性もある。

青年が空へと舞い上がり、右手に眩《まばゆ》い球を出現させる。

嫌な予感がする。本能的に仲間へ警告を発した。

「逃げろ！」

球が落とされ大爆発を起こした。

吹き荒れる熱と爆風に何もかも溶かされながら吹き飛ばされる。

俺は大剣を地面に突き刺し衝撃に耐えていた。

カエデも魔法で障壁を創りなんとか持ちこたえることができた。

「――っつ、なんだよこれ」

巨大なクレーターができていた。

青年はその中心に降り立ちさらりと髪を風になびかせる。

そいつはザウレスと名乗った。

悠然と無防備に構え、その美しい顔に冷たい微笑をたたえる。

裸体だったザウレスを黒色の服が覆う。

地面から黒い大剣が現れ彼は当たり前のように引き抜く。

「オリジナルの私は研究者であり思想家であり指導者であった。求めたのは死という解放。死こそが最高の救いだ。たとえ悪と呼ばれようが一向にかまわない。我々はどのような手段を使ったとしても、偽りの世界を廃し元の形を取り戻さなければならないのだ」

「偽りの世界だと……何をするつもりだ」

「全ての魔王と魔族を率いて現世界を破壊する。必要なのは正しき終わりだ。末裔《まつえい》である君と争う理由はない。私なら全てを終わらせられる。君が背負う必要はない」

俺に向かって伸ばされた手は救いの手のように思えた。

眠り続ける古代種達を代わりに殺してやる、そんな風に受け取れたからだ。

だが、拒絶する前にその手は閉じられた。

「違う。トールは殺す」

顔が怒りに変わり俺へ殺意を向けてきた。

「ふむ、制御できない感情があるようだ。完全に融合するには君を殺さなければならないらしい。非常に残念だ」

「協力する気なんてなかったけどな」

そうあるべきだとばかりに彼は微笑む。

「君に勝機はない。なぜなら私は最強だからだ」

ザウレスの大剣が炎に包まれる。

そして、急加速からの横一閃《いっせん》を至近距離から放たれた。

しまっ――。

眩い閃光が溢れ俺は呑み込まれた。

ほんの一瞬ではあるが意識が途切れ、目を覚ますと全身に火傷を負って倒れていた。

ザウレスと俺の間には扇状の溝があった。溝は高温によって今も赤く熱を帯び、焼け焦げた臭いが漂っている。

そういやジグは魔剣士だったな。威力も以前とは比べものにならない。

大剣を支えにして立ち上がる。

「ご無事ですか!?」

「なんなのあれ、魔剣士なんてずっこいでしょ！」

ザウレスの大剣は超高温の炎を吐き出し続ける。

自身が倒れることなど微塵《みじん》も想像していない涼やかな顔だ。

「氷結葬火《ひょうけつそうか》！」

「無駄だ」

炎の大剣がカエデの攻撃を切り裂く。

「そっちは囮《おとり》よ。ブレイクハンマー!!」

背後からフラウがハンマーを振る。

ザウレスは振り返りもせず大剣を背後に回し受け止めた。

そっちも囮だ。本命は俺。

ノーモーション瞬間最速で肉薄し、右斜め下からスイングするように切り上げる。

聖武具とスキルによってレベルはほぼ同等だ。いくら魔剣士でも俺の本気の一撃を受けてただではすまない。

だが、ザウレスは避《よ》けるどころかそのまま俺へと突っ込んできた。

くそっ、まるで俺みたいな戦い方を。やりにくい。

「私はセインでもあると言ったはずだ。君をよく知っている」

「だから武器も似せたのか」

「偶然だ。彼《イオス》が用意した物がたまたま似ていただけだ。だからこそ君のやり方を真似《まね》しようと考えたわけだが」

俺は後ろへ倒れながら奴の斬撃を躱し、そのまま勢いを利用しながら片手バク転でさらに飛び下がる。

牽制するようにカエデから風の刃が放たれる。

ザウレスはこれを炎の斬撃を飛ばし相殺してみせた。

間を空けず俺が切り込む。刃と刃の交差によって衝撃波が発生し大地を砕く。互いに音速で駆けながら攻防を繰り返した。

嫌なくらいこいつの剣は俺にそっくりだ。鏡に映る自分と戦っている気分になる。

相手が自分では模倣師も役に立たない。

「だぁっ！」

刃が奴の肩口を切り裂き心臓まで届く。確かな手応えはあった。

しかし、武器を引き抜くと同時に傷は再生してしまう。

異常なまでの再生能力だ。邪龍のように細切れにしようにも速度はほぼ同等。追いかけるので精一杯だ。本当にやりにくい。

この分だとスライム体質も保有したままかもしれない。

奴の不気味なまでの余裕からもそう仮定しておくべきだ。

「戦いの最中に考えごとか？」

ザウレスの膝蹴りが鳩尾《みぞおち》にめり込む。

「げほっ!?」

俺はよろけながら後ろへ下がり、大量の血液を吐き出してしまう。

痛みはない。が、ダメージは確実にあった。それよりこいつ突然動きが速くなった。どうなっている。

首を狙った横一閃をぎりぎり躱し後方へ跳ぶ。

「何本か折れたと思うが。痛みを遮断しているのか?」

ザウレスは足の裏を魔法で爆発させ急加速で俺を追う。

現代にはない魔法だ。

また一つ警戒すべきものが増えた。

「卑怯《ひきょう》だろ」

「褒め言葉ととらせてもらう」

隙を突かれ左肩を斬られてしまった。

血が地面にしたたり落ちて寒さを感じる。

やべっ。傷が深すぎる。左腕が動かない。つーかこのままだと追撃される。どうにか距離をとって回復の時間を稼がないと。

ザウレスの顔がニタァッと歪《ゆが》む。勝利を確信した顔だ。

だが、直後に奴の顔にハンマーがめり込み吹っ飛んだ。

「ブレイクハンマァァァアアアアアアアアア!!」

「ぶぎっ!?」

ザウレスは大地を削りながら数百メートル先の岩に激突する。

そうだ、俺は一人で戦っているわけじゃない。頼りになる仲間がいる。

「やっぱり手応えがないわね。どうなってるの」

「すぐに回復を！」

駆けつけたカエデがハイポーションを差し出してくれる。

ひとまず傷は塞がったが左腕が上手《うま》く動かない。剣を持つ程度なら問題はなさそうだが。最悪片手でもやれないことはない。

「来ます！」

カエデが氷の障壁を張る。

彼方《かなた》から閃光が走り壁へ直撃した。

「今のを防ぐとは驚いた。さすが天獣と褒めるべきか」

ザウレスは黒い大剣を片手に軽い足取りで戻ってくる。

やはりというか無傷だ。

あれだけ派手に吹っ飛ばされて平気なんてふざけんな。

「三人を相手にするのは私でも骨が折れる。そうだな、二百でいいか」

ザウレスの肉体がぼこぼこ泡立ち、真っ黒なザウレスが一人生み出された。さらに分裂して二人、四人、八人、と倍々に増える。

二百になったところで分裂は止まり、呼応するように一斉に立ち上がる。

想定する最悪を超えた最悪。二百人のザウレスが目の前にいる。

奴は邪悪な笑みを浮かべながら告げた。

「私は弱者をいたぶるのが大好きだ。大切なものを奪われ泣き叫ぶその姿は、極上のエンターテインメントだ。死という最高の救いを与えるのだ。私にはそれを味わう権利がある」

「それが本性か。それともセインの影響か」

「両方だ。できれば命乞いしてもらいたい。私がしたように無様に」

「断る。命乞いをするのはお前だ」

つい反射的に言い返したものの、あれに対抗できる手段は今のところない。

たぶんだが一体一体はレベルが低い。全て同レベルってのはどう考えてもありえないからだ。しかし、それでも二百人全てに同じような戦闘をされると今以上に苦戦を強いられるだろう。

逃げるのも一つの手だ。ただ、そっちも決してハードルは低くない。

もし仮に逃げられたとして残された街の人々はどうなる。ネイやマリアンヌ達は？　考えれば考えるほどこのまま放置することはできない。せめて数を減らせれば。

本体であるザウレスはその場から動かず眺めていた。

「フラウはカエデを守れ。俺は一人でなんとかする」

「ですがご主人様！」

「カエデ、よそ見している場合じゃない！　こいつら思ったより素早い！」

ザウレス（複製）は言葉を交わすことなく攻撃を繋げてくる。

斬っても斬っても即座に再生しきりがない。まるでゾンビのよう。再生しない分ゾンビの方がまだ可愛げがあるかもしれない。

「私の魔法で一網打尽にします！」

敵を引き連れながらカエデに合流する。

カエデが長い詠唱を終え魔力を集中させる。

どうやら広域魔法を撃つようだ。それも奥義と呼ばれるクラスの魔法だ。

上空を黒い雲が覆う。

「終月白降殿《しゅうげつはくごうでん》！」

一気に気温が氷点下まで低下し、雲は九つの渦を巻いて螺旋を描きながら地上へ達した。極寒の風が大地を凍らせ純白の世界に変貌させる。

ザウレス（複製）は残らず氷像と化した。

だが、本体であるザウレスは炎のドームを創り攻撃を防いでいた。

「抵抗値を無視した魔法――特性を考えれば天敵か」

カエデを狙ってザウレスが動き出す。

首を狙った横への一閃を俺は縦の一閃で阻む。

「させるか」

「退《ど》け」

「フェアリィフラッシュ！」

「なっ!?」

至近距離でフラウが体から光を放った。

前もって知っていた俺は目を閉じてやり過ごし、視覚が麻痺《まひ》している奴へ刃をたたき込む。予想通り刃は奴の体を抵抗もなく通り抜けてしまった。

「まだ理解できないか。私には勝てないと」

「俺だけならな」

青い炎に包まれたカエデがザウレスを殴る。

タマモが使っていた切り札『葬炎装《そうえんしょうぞく》 束鬼狐《おにぎつね》』。殴る度に肉体は凍り付き拳はさらに加速する。

「女っ、」

ザウレスが魔法を放とうと手を伸ばす。

だが、俺は刹那に腕を斬り飛ばした。

「おとなしく、しんでなさいっ！」

時間差でフラウが強烈な一撃をたたき込む。

ザウレスは真《ま》っ直《す》ぐ地面に叩きつけられた。

「ここまで追い詰められるなんて……」

ぴきぴきとカエデの魔法がその肉体を凍り付かせて行く。

もう間もなくこいつは身動きすらとれなくなる。

「――保険をかけておいて正解だったよ」

「あがっ!?」

地面から別のザウレスが現れ、大剣でカエデの腹を背後から貫いた。

本体だと思っていたザウレスは武器ごとどろりと溶ける。偽装だったのだ。

刃を引き抜いた奴は飛び下がった。

俺は倒れるカエデを抱き留め声をかける。

「カエデ!!」

「申し訳ありません、油断していました……」

「喋《しゃべ》るな。すぐに傷を」

傷の深さからハイポーションではダメだ。助けられるとすればエリクサーだが、セルティーナに使用してもう残っていない。応急処置ができそうな道具は何かないか。散々集めてきただろ。

布を取り出し傷口に押し当てる。出血は止まらない。

「癒やしの波動は!?」

「……」

彼女は微笑みを浮かべて首を横に振る。

どうしたらいい。どうすれば助けられる。

「まだ死ぬつもりはありません。だから戦ってください」

彼女を失う恐怖で手が震える。

「大切な者を奪われて苦しいだろう。トォオオル」

「セイン……」

ザウレスの顔にセインが浮かび上がる。

そっとカエデを地面に下ろした。

「フラウ、カエデを頼む」

「了解よ！」

カエデは助かる。さっさと奴を倒し手当てすれば間に合う。

ザウレスの背中から数え切れない触手が生え、俺を威嚇するようにぐねぐねとくねる。

「殺そうとしても無駄だ。僕は今や神になったんだ」

「だったら神殺しになるまでだ」

踏み出すと同時に触手が槍《やり》のように降り注ぐ。

グランドシーフと竜騎士によって俊敏に躱し続ける。模倣師によって身につけた数々の強者の技術が剣をより速くする。かつてない集中力によって俺の中で何かが急速に結実しようとしていた。

セインを殺す為ではない。カエデを守る為に。

幻想奏士の耳が戦闘のリズムを感じ取る。そうだ、このジョブは素晴らしい音楽を生み出すだけのものではない。『波』を読み、場を支配するジョブ。

「なぜだ、当たらない!?　だったら！」

ザウレスはクレーターを作った魔法を放とうとする。

まずい。ここにはカエデとフラウが。

「食らえ、雷矢《らいや》！」

一筋の閃光がザウレスの腕を消し飛ばす。

今の声はアリューシャか。

「街の人を避難させてて遅れたデース」

「魔物に好き勝手させるのはこれで終わりですわ」

駆けつけたモニカとマリアンヌ。

二人は水の魔法と細剣で触手を瞬時に切り落とした。

「アタシの怒りの拳だぁぁあああああ!!　内爆烈拳《ないばくれつけん》！」

真上から落ちてきたネイがザウレスの顔面に拳をめり込ませる。

奴の体は内側から爆発するように膨れ上がる。ネイは後方へ飛びながらすっきりしたような表情だった。

「ダメージが抜けない!?　なんだこの攻撃は！？？」

「セィイイイイン！」

「くっ、トォオオル！」

渾身の一撃を刃で防ぐ。

ぴきっ。ぴききぎっ。ばきっ。

ザウレスの大剣が半ばから砕けた。

「私の武器が!?」

聖剣、もし俺にお前を扱う資格があるなら力を貸してくれないか。惚《ほ》れた女を助けたいんだ。

たった一度きりでいい、力を貸してくれ相棒。

「この光は――まさか!?」

俺の大剣と鎧《よろい》が黄金に輝く。

鎧は武器に吸い込まれ、遅れてカエデの鉄扇、フラウのハンマーも吸い込まれる。そして、八本の光の線が上空から弧を描いて次々に大剣へと吸い込まれた。

俺の右手には神々しい大剣があった。

「それは魂をも斬る聖剣!? いやだぁぁああああ死にたくない!!」

「二度と戻ってくるな! くそ野郎!!」

聖剣で両断する。

空を覆っていた暗雲は晴れ、ザウレスは光の粒となって消えてゆく。

どんなに分裂しようが魂を消されては存在しようがない。

「主様、カエデが!」

「――!?」

武器をその場に落とし最愛の人のもとへ駆け寄る。

カエデはすでに息をしていなかった。

穏やかな表情で眠るようにそこにあった。

「嘘だろ、まだ死ぬつもりはないって言ってたじゃないか。一生一緒にいるって約束しただろ。俺にはカエデが必要なんだ。お前を失いたくない」

「いや、いやよ。カエデ、あんた主様のお嫁さんになれるってめちゃくちゃはしゃいでたじゃない。これからでしょ。起きなさいよ」

頭の中が白く染まってゆく。

思考が停止してこのまま砂のように崩れてしまうような感覚だった。

「おーい、トール！」

それは一郎に乗ったピオーネだった。

彼女は到着すると袋を俺に渡す。

「これは……？」

「ソアラが途方もない財力で買い集めた遺物だよ。旅立ちの日に渡すつもりだったんだけどすっかり忘れててさ。ソアラが追いかけて渡していって……てかここで何があったの？　ひどい有様だよね？」

中を見ると遺物に交じって見覚えのある小瓶があった。

これはエリクサーだ。

エリクサーは普通の薬ではない。奇跡の薬だ。今ならまだ間に合うかもしれない。

小瓶の栓を抜いて中の液体を口に含む。そのままカエデの口へと流し込んだ。傷口はみるみる塞がり、カエデの心臓が再び動き始める。

「どうして目覚めないの？　起きてカエデ」

なぜかカエデは目を覚まさない。

全員が心配そうに見守る。

フラウは祈るように天を仰いだ。

『偉大なる方々よ、どうかこの小さき巫女の祈りをお聞きください。大切な友人を私達のもとへお戻しください。一生のお願いです。何卒《なにとぞ》』

古代種にしか聞こえない巫女の声が響く。

祈ることしかできないこの時間が辛い。

ぴくっ、カエデの瞼《まぶた》が反応する。

そして、うっすらと目が開いた。

「お義母様にお会いしたのですが、きちんとご挨拶できたのか少し不安です」

「カエデ！」

カエデはいつもと変わらない顔で微笑んでいた。

◆◆◆

私は星空に囲まれた真っ暗で広大な空間を漂っていた。

どうやってここへ来たのか思い出そうとする。

そう、私は死んだ。ここは死後の世界でしょうか。

足下に地面がないことに気が付き、私は足をばたつかせた。

落ちている感覚はない。水の中にいるような浮遊感があった。

できればご主人様のもとへ戻りたいが、ここから戻るにはどうしたらいいのか。

腕を組んで悩んでいると、声が聞こえた気がした。

「カエデさ～ん、どこですか～？」

「ここにいます」

小さな粒が近づいてくる。

それは近づくほどに輪郭をはっきりさせた。

人のようだ。見知らぬ女性。いえ、どこかで会った気も。

彼女は私の前で停止して笑みを浮かべた。

「初めまして。トールの母です」

「ふぇ!?　わ、私はカエデと申します！」

「うふふ、緊張しなくて良いのよ。貴女のことは知っているから」

優しそうなオーラを漂わせるお義母様は私の手を握る。

柔らかくてすべすべした手にどきどきしてしまう。

ああ、お義母様が私の手を！

「まずはお茶でも飲みましょ」

周りの景色が星空から室内へと変化した。

だが、窓から見える外は先ほどまで見ていた真っ暗な空間だ。

私とお義母様は椅子に腰を下ろした。

「ごめんなさいね。中途半端に育てちゃったから苦労してるでしょ」

「いえ、ご主人様は素敵なご主人様です」

「あらあら、本当に良い子を見つけたわね。生まれてくる孫が楽しみだわ」

「そんな子供だなんて。お義母様気が早いです」

恥ずかしくなって顔が熱くなる。

嬉しい。ご主人様のお義母様に認めていただけるなんて。

でも、ここがあの世なら、子供どころかもうご主人様とは会えないのでは。

「あの、ここはどこなんですか」

「狭間《はざま》の世界――あの世とこの世の中間に位置する特別な場所。魂の休息所よ。すでに固有情報集積庫については聞いているでしょ。ここからなら直接行くことができる。まだ進入禁止は解けてないから正式に入ることはできないけどね」

「神の本が!?」

全ての始まりは神の本を勝手にいじったからだ。

古代種の不死が解ければご主人様が背負わされた役目もなくなるかもしれない。

「落ち着いて。ほぼ解決済みだから貴女が何かをする必要はないの」

「どういうことでしょうか？」

「本当はね。本気を出せばいつでも解決できたの。だけどここにいるご先祖様が他人任せのやる気のない人たちばかりで……私が直接ここに来るしかなかったのよ」

「つまりわざと死んだのですか？」

お義母様は苦笑する。

「悪い言い方をするとそうなるわね。でも、夫の了承は得ていたし、あの子が一番幸せになれるルートがこれだったのよ。冷たい母親で幻滅した？」

きっとこの人には沢山の未来が視えていたのだ。

そして、その中で子供が最も幸せになれる選択をした。親の勝手と言えばそれまでだけど、彼女の選択のおかげで私はご主人様と出会うことができた。たぶんそうなのだ。

「とても優しく覚悟のある方だと感じています」

「カエデさん良い子ね。あの子にはもったいないわ」

「そんなっ！」

私なんて。どうすればご主人様にふさわしい奴隷になれるか悩んでいるのに。

社交辞令はよしてください。むしろもっと厳しくびしばしと。

「話を元に戻すわね。私がここへ来たことによってもう間もなく集積庫への道は開かれるわ。道ができればあとは本を見つけて書き込んだところを消せば全て解決」

「ですがお義母様はどうなるのです」

彼女は「あー」と言葉にならない声を出して天井を眺めた。

それからにっこりご主人様に似た微笑みを作った。

「確かに私は消えるけど終わりではないわ。次のステップに進むだけ。巡り巡っていつか戻ってくるわ。死って本来そうでしょ？　さ、飲んで」

お義母様はいつの間にかお茶を淹《い》れていた。

どうやら紅茶のようだ。華やかな香りを楽しんでから一口。仄《ほの》かに甘く心が落ち着いてきた。

「では、私も次のステップに行くのですね」

「カエデさん勘違いしてるわよ。貴女、死んでないから」

「え？　死んでない？」

「ほら、聞こえるでしょ。貴女を呼ぶ声が」

遠くからフラウさんの声が聞こえる。

『偉大なる方々よ、どうかこの小さき巫女の祈りをお聞きください。大切な友人を私達のもとへお戻しください。一生のお願いです。何卒』

私……生きてるの？

嬉しい。ご主人様とまた会える。

「さぁ、帰るべき場所へ帰りなさい。私は最後の仕事が残っているの」

お義母様は黄色い兜《かぶと》をかぶった。

兜には『安全第一』と書かれている。

窓の外を見るといつの間にか人が集まっていて、先のとがった道具で大きなドアを壊そうと騒がしい音を響かせていた。

まさかあれがお義母様達のやっていること？

気が付くと私の体は光に包まれていた。

「ごめんなさいね。せっかく会えたのに満足にお話もできなくて。息子のことをよろしく頼みますね」

「はい！　任せてください！」

私は消えながらお義母様へ強く返事をした。

◇◇◇

ザウレスとの戦いから数《すう》ヶ月《かげつ》が過ぎ――。

俺達はラストリアに一度報告に戻った後、再び異大陸へ戻ってきていた。

理由は仲間を手助けする為だ。

なにせピオーネは要職に就いていて簡単には辞められないし、ネイも信頼を寄せてくれる団員を放り出すわけにもいかず、区切りが付くまで活動を継続させるといってきかない。あとアリューシャが観光したいとごねて五月蠅《うるさ》いのだ。

そんなわけで俺達はビックスギアで仮の居を構え、調査団や仲間達の活動を手助けしながらのんびり生活していた。

「買い物に行きたい～、美味しいもの食べたい～」

「アリューシャの言う通りデース！」

アリューシャとモニカが両側で訴えてくる。

エルフ同士仲良くなるのはまったくもって構わないが、その仲の良さを武器に俺を連れ出そうとするのは反則ではないか。

だいたい昨日も一昨日も散々買い物に付き合ったじゃないか。

「お二人とも我《わ》が儘《まま》はいけませんよ。どうぞコーヒーです」

「サンキュウ」

エプロン姿のカエデがカップをテーブルに置く。

嗅ぎ慣れた香りが漂いやや気持ちが高ぶる。やはり朝はこれだ。

「はい、新聞」

猫用の出入り口を通って家の中に入ってきたフラウが、表のポストからとってきた新聞をテーブルに放り投げた。

ちなみに猫は飼っていない。

前の住人がとりつけたものらしいが、外すのも面倒なのでそのままにしている。

「ちゃんとドアを開けて入れって言ってるだろ」

「いいじゃん。サイズ的にぴったりだし使わないともったいないないじゃない」

「パン太が詰まるんだよ」

フラウが通り抜けた猫用の出入り口にパン太がみっちりはまっていた。

あの穴、ちょっと小さめなんだよなぁ。

「きゅ〜!」

「あんたは二階の窓から入るって決めたばかりでしょ。仕方ないわね」

フラウはパン太を強引に引っ張り中へ入れる。

最強の眷獣となったパン太だが、実は完全に変わったわけではなかった。

あの戦闘が終わった後に普段の姿に戻っていたのだ。

まぁ先輩らしい活躍を見せることもできて、今では他の眷獣との仲もそこそこ良好である……サメ子を除いて。

新聞を開いて目を落とす。そこには聖女ソアラの民衆へ訴えかける姿が描かれ、でかでかと『聖女王誕生!!』の文字が一面を飾っていた。

完全に国を乗っ取ってしまったらしい。

相変わらず絶好調のようだ。関わり合いたくない。

「おはよ～」

「おはようございます」

二階からパジャマ姿のピオーネが下りてくる。

彼女はそのままソファに寝転がり、猫のように丸くなって眠り始める。

……ずいぶんだらしなくなったな。

強引に長期休暇を取ってソアラのもとから逃げてきたのはいいが、目も回るような忙しさから解放された反動かずっとだらだらしている。

「おい、ピオーネ！　お前もトールに言ってくれ！」

「起きるデース。起きるデースよ」

「ちょ、ゆら、さないでぇええええ」

今日も覚醒するまでエルフ組に玩具《おもちゃ》にされているようだ。

そろそろと思っていたところで、目の前にバターを載せたパンが置かれた。それから目玉焼きとベーコンも置かれる。朝食を運び終わったカエデは微笑みながら隣に座った。

「今日も賑《にぎ》やかですね」

「そうだな」

左手に指輪をはめた彼女は幸せそうだ。

その首に首輪はなく、主従契約の紋もすでにない。

つい先日、俺達は夫婦となったのだ。今は新婚期間を楽しみながら過ごしている。

フラウとパン太もテーブルに乗りがぶりとパンに齧《かじ》り付く。

「フラウも早く結婚したいわ」

「すみません」

「カエデが謝ることじゃないわ。皆で決めたことだし」

すでに重婚が確定している。しばらくしたら結婚ラッシュが始まる予定だ。

正直全員が全員その意思があるのか少し疑っていた。

その場の空気というかノリで指輪を受け取ってしまった可能性も大いにあったからだ。俺自身も日頃のお礼として渡したから断る間を与えてあげられなかったかもしれない。

そのことを伝えるとソアラに「期待させておいて裏切るつもりですか?　天罰が降《くだ》りますよ?」なんて脅《おど》された。マリアンヌにも「一夫多妻は珍しくありませんのよ?」と詰められ。ネイには「アタシと結婚したくないんだ……ひぐっ」と泣かれる始末。

指輪を受け取っていないモニカからも「早く用意しろデース」となぜか怒られた。

全員の意思は想像以上に堅かった。

それらを理解した上で俺は彼女達に待ったをかけた。

俺も男だ。魅力的な女性達に求められて嬉しくないわけがない。

俺なりに全員を幸せにする覚悟もある。

ただ、カエデを想う俺の気持ちも尊重してもらいたかった。格好つけてプロポーズまでしたのだ。

もちろん全員に改めてきちんとするつもりだが、まずは先にしたカエデと結ばれることを俺は望んだ。それに僅かな期間でいいから二人だけの新婚生活を楽しみたかったのである。

で、結論だが、ご覧の通り二人きりはそもそも不可能だった。

「おはー、今日もみんな元気だねー」

ひときわ明るいオーラでルーナが帰宅する。

遅れてマリアンヌも戻る。

「これ、副団長さんがお礼にって」

「まぁクッキーですか」

「お菓子作りを趣味にされているそうですわよ」

カエデがルーナから甘い匂いのする紙袋を受け取った。

あのお堅い印象しかない調査団の副団長がお菓子作りとは。

人は見かけによらないんだな。

ルーナとマリアンヌは調査団本部で働いている。調査団は現在、異大陸の各地へ団員を送り出し調査を進めている。目的は異大陸に張り巡らされた物流経路を調べることだ。その地の特産や工芸品も調査し、島——主にラストリア——の品々を売り込めないか探っているらしい。

逆にこちらからも近々ラストリアやアルマンへ使節団が派遣されるそうだ。

東の諸国で形成された『漫遊友好の会』の代表達もそう遠くない内に外海を渡ることとなるだろう。

ルーナとマリアンヌは二人で台所に立ちお茶を淹れる。

二人は婚約者というだけでなく国の命令もあってここにいる。

異大陸の情報はあちらにとって黄金にも等しい大変貴重なもの。場合によっては直接的な利益にも繋がるだろう。しかし、現状はラストリアが一歩も二歩も先を行っている。そこで両国は二人を俺の傍に置くことでラストリアを出し抜こうと考えたのだ。

難しい話はよく分からないが、マリアンヌが言っていたので確かだろう。

ばさばさっ。表の道でワイバーンが着地する。

通りを歩いていた人達は悲鳴をあげて逃げ惑っていた。

ワイバーンから飛び降りたのは紅の制服を身につけたネイだ。俺が見ているのも気が付いていないのか、スキップしながらウキウキ気分で玄関のドアを開ける。

「来たぞー！」

「いらっしゃいませ。朝食は食べられましたか？」

「まだだ。お腹ペコペコだ」

「ではお作りしますね」

カエデが気を利かせ台所へ向かう。

席に着いたネイは俺の腕に抱きついた。

「トール、ああ、トールだぁ」

「お疲れ様。仕事は忙しいのか？」

「今は落ち着いてる。あのさ、そろそろ団長として挨拶してくれよ」

「え、それは……」

「皆会いたいって五月蝿いんだよ」

俺は会いたくないんだよなぁ。

少し前になるが正式に二つの漫遊旅団は合併した。そこまではいい。どちらが偽者とか揉《も》めなくて済むし知名度や人数のおかげで経済的にも安定している。ただ、俺が団長に置かれたことで異議を唱える者が続出しているのだ。

ネイをたぶらかした馬の骨とかなんとか。

俺は副団長くらいでいいと伝えたんだけどなぁ。

そんなわけで『挨拶＝大多数との戦闘』が予想される。

いずれ会いに行かなければならないだろうが、もう少しだけ先送りにしたい。

「ごちそうさま。ねぇ主様、そろそろ武器が恋しいのだけれど」

「あー」

食事を終えたフラウがハンマーを振り下ろす仕草をする。

俺は部屋の隅に立てかけている聖武具――聖波動極大霊滅機二十七式をちらりと見た。

あれから聖武具は完全に一つの武器になってしまった。

否、元の一つに戻ったのだ。これが本来の形なのである。

なぜ戻ったのかは未だに分からない。もしかしたら俺には封印を解く権限のようなものが最初からあったのかもしれない。高次に到達できなかった可能性を考慮して聖武具を扱える能力も俺に与えていたとかさ。

とにもかくにも俺は防具を、カエデは鉄扇を、フラウはハンマーをなくしてしまった。

そこそこレベルはあるので素手でも苦労はしていないが、いざとなれば武器も防具も必要となる。

しかし普通の武具では俺達の身体能力に耐えられないだろう。

聖武具に代わる特別な品を見つけなければ。

「新しい武具を探す旅に出ましょ。この大陸なら聖武具並みの遺物もあるんじゃない？」

「それはいいですね。マリアンヌさんが行った北には、未探索の遺跡が沢山あると聞きますし」

「アタシは南方を薦めるかなぁ。誰も近づけない遺跡があるって耳にしたぞ」

仲間達が行き先の候補を次々に挙げる。

やっぱ本格的な定住はもう少し先になりそうだな。

さぁ、次はどこへ行こうか。


ぱきっ。

エピローグ

Epilogue

アタシはパンパンに膨らんだリュックを背負った。

自室のドアを開けると廊下に人がいないか覗《のぞ》いて確認する。

「おっけー、誰もいない」

「エル、本当に行くの？　パパとママに怒られるよ？」

一つ下の弟フェネスが、最後の抵抗とばかりにアタシのリュックを引っ張る。

フェネスはフラウママの三人目の子供だ。

二人の姉がいてエイバン家全体では上から数えて二十四番目にあたる。ちなみにアタシはカエデママの二人目の子供で二十三番目。って誰に説明してんだろアタシ。

目元を前髪で隠すフェネスは、フラウママや二人の姉と違い繊細で臆病だ。

今回の決断も直前まで乗り気だったくせに、いざ旅立つとなると臆病風に吹かれている。その点、アタシは違う。冒険が、ロマンが、まだ見ぬ景色が、アタシを求めているのだ。

そして、冒険の末に手に入れる財宝。

ぐふ、ぐふふ、アタシもソアラママのように金貨のお風呂に――。

「ふんぐぅう、詰め込みすぎたかも……」

リュックが入り口につっかえて部屋から出られない。

「フェネス、押して。早く」

「しょうがないなぁ。だから倉庫にあるマジックストレージを使おうって言ったのに」

「あれはパパやママが集めた物でしょ。アタシはゼロから始めたいの」

「何気に頑固だよね」

リュックが入り口を通り抜け、勢い余ったアタシは向かいの壁に顔を打ち付けた。

いたた、鼻を打っちゃった。でも、よし。これで行ける。

あとは誰にも会わずに外に出るだけ。

さささっ、さささっ。物陰から物陰へ素早く移動。

ウチの家はとても広い。ダンジョンと呼んでも差し支えないくらいに。

お世話係のゴーレムがうろうろしていて常に監視の目がある。それに家族の中には神出鬼没な人たちもいてうっかり鉢合わせしようものなら捕縛からの説教だ。

今日こそはミッションを達成する。

「エル、ママの羽音だ」

「了解」

適当な部屋に入りドアを僅かに開けておく。

隙間の向こうで人影があった。

「ねぇ聞いて。旦那様ったらまたフラウ達《たち》に隠れて玩具《おもちゃ》を買い与えてたのよ」

「トールには困ったものだ。しかし、そうなる気持ちも分からなくもない。最近は上の子達も手がかからなくなりわたし達もずいぶん育児に慣れた。関わる時間が減って寂しいのだろう」

「確かにそうかもね。けど、もう『三十メートル高い高い』はやめてほしいわ。あれ肝が冷えるのよ。クララの時なんかカエデ涙目だったでしょ」

フラウママとアリューシャママが会話をしながら目の前を通り過ぎる。

あの二人はとっても仲が良い。ただ、喧嘩《けんか》をするといつもアリューシャママが先に降参するのでフラウママに何か弱みを握られているのだとアタシは睨《にら》んでいる。

「さ、出るわ」

「待って」

フェネスに止められ再び様子を窺《うかが》う。

目の前をさらにもう一人通過した。

「フラウさん、アリューシャさん、ノックスを見ませんでした?」

「あの子ならカイトと一緒に南方大陸に行くと言って出て行ったぞ。あの見慣れた落ち込みよう、どうやらまたフラれたらしいな」

「例の侯爵の娘ですわね……わたくしがあれほどアドバイスしたのに。これで何度目の傷心旅になるのか。ほんと誰に似たのか」

「旦那様でしょ」

「トールだな」

マリアンヌママはがくっと肩を落とす。

ノックス兄はエイバン家の長男でマリアンヌママの息子だ。

見た目は一番パパに似ていて、性格は豪快だけど実は打たれ弱い。すっごく一途《いちず》で幼い頃に侯爵の娘に一目惚《ひとめぼ》れしてから何度も告白からの玉砕を繰り返してるそうだ。

聞いた話だと脈はあるみたいだけど告白の仕方が問題なのだとか。

ノックス兄、緊張すると変なこと口走るからなぁ。

カイト兄はアリューシャママの息子。上から数えて七番目の子供で家族の中で一番ちゃらんぽらんなお気楽な性格をしてる。

ノックス兄とは馬が合うのかよく一緒に行動している。

もちろん二人ともめちゃくちゃ強い。アタシの憧れのお兄ちゃん達だ。

「……行った？」

「行ったね」

誰もいないことを確認してから部屋を出る。

階段を駆け下り、人の気配を察知して慌てて壁際へ身を潜めた。

「変ねぇ。今日はエルの姿を見かけないわ」

馬鹿な。どうしてフラウママが。

さっきアリューシャママと一緒にいたはずなのに。

フラウママは獲物を探す獣のように目を大きく開けてダークなオーラを放っている。否、あれは監視者の目だ。監獄をうろつく看守のようである。

「おい、フラウ。なぜ突然飛んでいった」

アリューシャママが外から窓を開けて首を傾《かし》げている。

「脱走者の匂いがしたのよ。気のせいだったわ」

「少し厳し過ぎるんじゃないか。エルもフェネスも分別が付く年齢だ。自由にしてやってもいいのでは」

「あんたは緩すぎるのよ。だからあんなのができちゃうのよ」

「それはカイトのことを言っているのか！　侮辱だぞ、いくら小さくて可愛《かわい》いフラウでも許さん！　謝罪を要求する！」

「誰が謝るか！　フラッシュ！」

廊下を目を焼くような閃光《せんこう》が照らす。

だが、アリューシャママは瞳を閉じてにやりとした。

「毎度毎度その手に乗るか。タイミングさえ見抜ければ――フラウ、どこに行った？」

逃げられたことに気が付いていない彼女はきょろきょろしてからハッとする。

そして、何を勘違いしたのか本気で心配し始めた。

「フラウ、どこだ。謝るから出てきてくれ」

アリューシャママは窓から離れ庭の方へと歩いて行く。

アタシの頭の上にいるフェネスがため息を吐《つ》く。

「ウチのママっていつまで経《た》っても子供だよね。あれこれ注意する割に自分は自由でさ。だらしなくて甘い物に目がなくてまな板で」

「アタシはフラウママ好きだよ。変に厳しいところはあるけど、アタシ達のことを想《おも》ってくれてるのが伝わるんだ」

「じゃあ脱走はやめるんだね」

「でも、今は敵」

アタシは冒険絶対行くマンなのだ。

パパやママ達の冒険譚《ぼうけんたん》を聞かされるのはもううんざり。

自分の目でその光景を見ないと納得できないところまで気持ちは高まっていた。行くべき場所リストを作成してそこに至るまでの経路もすでに調査済み。もちろん安全第一をとって今のレベルで対処できない場所には行かないと決めている。

玄関に行くと誰もいないことを念入りに確認する。

不自然に服が落ちていたが、露出に精を出すモニカママの物だとスルーした。

アタシ達は意を決して外へと飛び出す。

この屋敷では窓からの脱走は悪手だ。上空では常にロー助が飛んでいて窓からの出入りを禁じている（一部の者を除く）。

ロー助の目から逃れるには真正面から出て行くしかない。

加えて今日はパパもママもいない。用があるとかでアルマン国の王都へ出発した。

最強の障害であるママの不在は最高のチャンス。

「隠れて。人だ」

「あわわ」

慌てて鉢植えの後ろに身を隠す。

目の前を二人のママが通り過ぎてゆく。

「まったく、また裸になって！　変態！」

「心外デース。一族に伝わる散歩のやり方デースよ」

「もうだまされないぞ。ただの変態さんなんだろ」

「本当に本当なんデス。信じてくださいデス」

全裸で連行されるモニカママとぷんすか怒るピオーネママだった。

我が家ではいつもの光景だ。

二人が消えたところで周囲をもう一度だけ見回す。

右、敵なし。左、敵なし。前方、敵なーし！

門まで全速力で駆ける。

そのままのスピードで一年中開かれっぱなしの門を抜け、石の敷かれた道を振り返りもせず走る。

一キロほど行ったところでアタシは緊張を解いて足を止めた。

吸い込む空気は新鮮な気がした。

一人でここまで来たのは初めてだ。いつもは門を出る前に捕まっていたのに。

「僕を忘れてない？」

「そうだったね」

正しくは二人。フェネスは定位置とばかりにアタシの肩に乗る。

これから始まるのは姉弟だけの旅だ。

緩やかな山道を下っていると人の気配を感じた。

アタシは茂みに身を潜め息を殺す。

「あらあら、珍しい子達がいるのね」

「おばあちゃん！」

ネーゼおばあちゃんが籠を腕に掛け立っていた。

アタシは茂みから飛び出し抱きつく。

麓の街へ買い物に行っていたのだろう。籠からは菓子の甘い匂いが漂っていた。

「とうとう家出に成功したのね。困った子達だこと」

「アタシはもう十五歳よ。世間では成人扱いなんだから。パパもママもいつまでも子供扱いして嫌になるわ」

「そうね。ただ、親からするともう少し子供でいてもらいたいのよ。いつか旅立つと理解していても覚悟が必要なの。決して苦しめたいわけじゃない。大切だからこその迷いなのよ」

おばあちゃんの優しい手がアタシの頭を撫《な》でる。

それからリュックを叩《たた》いて「頼んだわよ」と囁《ささや》いた。

いつだっておばあちゃんはアタシの味方だ。

それにママに口で勝てるのはおばあちゃんとタマモおばあちゃんだけ。パパも時々味方をしてくれるけどはっきり言って役立たずだ。教育方針に口出しできない時のパパはかっこ悪い。

「はいこれ。旅立つ貴女《あなた》に祝福よ」

「ありがとう」

「フェネスも」

「うん。ありがとうおばあちゃん」

クッキーの入った包みを貰《もら》いおばあちゃんと別れた。


屋敷のある山の麓には小さな街がある。

ここは漫遊旅団の本拠地として名が知られていた。

団員は千六百五十三名、世界でも五本の指に入る冒険者組織だ。

冒険者業に加え未開拓地域の調査など幅広く請け負っている。

ウチがここまで大きくなれたのは、副団長であるネイママと副団長補佐のルーナママのおかげだ。

それからソアラママの絶大な支援の結果でもある。

団長であるパパはママ達とあちこちふらふらしてるから実質ネイママが団長らしい。

パパ、人をまとめるの苦手だから逃げてるんだと思う。

街に入ると沢山の種族を見かける。流行の服を身につけたエルフやリザードマン、ツルハシを担いで歩くビースト族の集団、ガラスの向こう側でパンを並べる魔族なんかもいた。

すれ違う人々の中に紅《あか》い制服を身につけた集団がいた。

アタシはビースト族の男性の陰に隠れやり過ごす。

「おい、不審な者はいたか」

「至って平和ですね。その格好、副団長は今日も？」

「趣味だからな。一個やる」

「仕事中……いえ、感謝いたします」

団員と会話をするのは土に汚れたネイママだ。

オーバーオール姿でクワを担いでいる。

片手には野菜が入った籠を抱え、農作業を終えてそのまま来た様子だった。

団屈指の実力を有する双子の格闘姉妹を産んだ母とは思えないほど若々しい姿をしている。鼻の下を伸ばす団員もいるけど決して彼女には自ら近づかない。パパ以外の男が不用意に近づくとボコボコにされて去勢を迫られるからだ。

別名『紅鬼』。男と魔物の血しぶきを浴び続ける本物の鬼だ。

アタシには優しいママの一人にしか見えないけど。

「はぁぁ、びっくりした。いきなり現れるんだもん」

「これで最難関はクリアだね」

「まだよ。船に乗るまで油断はできないんだから」

ネイママを無事にやり過ごし船着き場へと向かう。

だが、古代技術の詰め込まれた最新鋭艦が並ぶ港から離れる。

アタシが乗るのは――空を行く船だ。

パパによって目覚めを得た古代種達は多くの知識と技術革新をもたらした。

もちろん与えたのはほんの一部だ。だけどアタシ達には十分だった。船の性能が劇的に向上し外海を渡れるようになった。車の進化は陸路の物流を向上させた。空路ができたことで世界中どこにでも短期間での移動が可能になった。

それは未知の他種族国家との交流と多様な価値観の流入を生み出した。

他種族を奴隷にしていた国家は外交的視点から次々に奴隷制度を撤廃。パパが古代種と協力して圧力をかけたのも理由の一つだと思う。

アタシはオーディン空港の受付に到着し、チケットを手に入れた。

「うわぁぁ！　見て、飛空挺だよ！」

「僕らが乗るのはあの機体だね」

ロビーから見える発着場では、着々と金属製の船に貨物を積み込んでいた。

飛空挺に乗るのは初めてではない。経験なら何度もある。けれどアタシ達だけで眺める光景はこれが初めてだ。宝石のように色鮮やかに輝いていた。

「行こう！」

足がうずうずして指定された番号の船に無我夢中で走った。

タラップを駆け上がり飛空挺へ。

船にはすでに客が乗り込んでいて、脇には最終チェックを終える為《ため》に船内をせわしなく移動する船員がいた。

アタシは客室には向かわず甲板で飛び立つその瞬間を待っていた。

「たぶんパパもママも怒るだろうなぁ」

フェネスは柵の上で腰を下ろし、おばあちゃんに貰ったクッキーをかじる。

ここまで来てもう引き返すことなんてできない。未知との出会いがアタシを待っている。死ぬほど怒られる恐怖よりも好奇心が遥《はる》かに勝っているのだ。

リュックを下ろすと、ポケットから包みを取り出した。

このクッキーは後でゆっくり味わうつもりだ。今はしまっておこう、そう考えながらリュックの口を開くと白い塊が飛び出した。

「きゅ～!!」

もちもちふわふわの塊がアタシの顔面に飛びつく。

顔から引き剥《は》がせばそれはパン太だった。

「いつのまに荷物に……付いてきたの?」

「きゅ!」

「最強の眷獣《けんじゅう》が同行してくれるなら心強いね。僕一人の力ではエルのフォローは厳しいと思ってたんだ」

「弟のくせにアタシより大人ぶるな!」

「はいはい」

「今に見ていろ。姉の威厳を思い知らせてやる」

船内に発進のアナウンスがあり、程なくして船はゆっくり浮き始めた。

行き先は冒険の最前線『南方大陸』だ。

アタシの住んでいたオーディン島が遠ざかる。しばしの別れ。

皆が驚くような立派な冒険者になって戻ってくるからね。

とんっ、すぐ傍《そば》の柵に足が乗った。

その人物は高所を物怖《ものお》じもせず大剣を担いだまま柵の上で屈《かが》んだ。

「こら、なーに勝手に飛び出してんだ。ガキのくせに」

「ノックス兄!?」

パパを若くしてさらに厳《いか》つい見た目にしたような我が兄がそこにいた。

ノックス兄がここにいるってことは。

反対側では聞き覚えのある陽気な声がする。

「ダメじゃないか二人とも。許可もなく冒険に出ちゃ。南方大陸は刺激が多くて楽しすぎるから帰れなくなっちゃうよ?」

「おいこらカイト。てめぇは止めようとしてんのか誘ってんのかはっきりしろ。エルもフェネスも困惑してんじゃねぇか」

「それは申し訳ない。なにせ人の混乱する姿を好む性分だからね」

アリューシャママに似た整った容姿に、常に人を小馬鹿にするような軽薄な笑みを貼り付けるカイト兄が横にいた。

二人はすでに南方大陸に発《た》ったはずでは。

「街で準備してたら出発が遅れたんだよ。今更引き返すこともできねぇし、しゃあねぇ満足するまでてめぇらの冒険に付き合ってやるよ」

「あはは、ノックスは素直じゃないなぁ。本当は可愛い二人と一緒に冒険したかったんだよね。そうやって無駄に格好つけるから告白も上手《うま》くいかないんだよ」

「余計なこと言うんじゃねぇよ。泣くぞ、こら」

また喧嘩してる。

この二人はどこにいても騒がしい。

いつの間にか島は手に隠せるくらい小さくなっていた。


（完）

あとがき

このたびは本書を手に取っていただきありがとうございます。

こんにちは。ポケットモンスター　バイオレットにはまっている徳川レモンです。

六巻まで続いたシリーズもこれにて完結となります。

作家にとって『完』の文字を打てるのは幸せなことです。世界的不況で年々厳しさが増す中、完結まで書かせていただけたのはひとえにオーバーラップ様の懐の深さでしょう。謝辞の前の謝辞として感謝申し上げます。

今回書かせていただいたエピローグはＷｅｂ版にはない書き下ろしとなります。

元々トールの子供が旅立つシーンは、書き始めの頃からぼんやりとですが決めていました。むかつく相手への一番の復讐《ふくしゅう》って結局『最高に幸せになる』ことだと思うんですよね。なのでこれからのトールは沢山の家族に囲まれながら大好きな冒険を死ぬまで続けるはずです。

ちなみにエピローグではトール＆カエデも登場させる予定だったのですが、ページ数的な問題もありあえて出さないことにいたしました。こっちの方が私の好みでもありましたので。

さて、本作の世界が地球なのか気になっている方もいるのではないでしょうか。

『途中まで同じ道を辿《たど》った似た世界』が正解です。古代種の文明はかつて地球と似た発展を遂げました。しかし、環境的・技術的に行き詰まりを覚えていた彼らは、文明をある時点からリスタートさせました。そこから発展したのが今の古代種の文明です。エコロジー極めすぎて石板を使うようになったんです。


最後に謝辞を述べさせていただきます。

これまで多くの励ましの感想をくださった『なろう部族』の皆様、貴重な時間を割いてまで筆をとりファンレターを送ってくださった方々、最後までイラストを描いてくださったriritto様、担当編集者様、オーバーラップ編集部の皆様、印刷流通製本関係者の方々に深く深く感謝いたします。

そして、あとがきを読んでくださっている貴方《あなた》にも。

最後までお付き合いいただきありがとうございました。いつかまたどこかでお目にかかれる日が来ることを期待しながらあとがきを締めさせていただきます。

ではまた！

経験値貯蓄でのんびり傷心旅行 6
～勇者と恋人に追放された戦士の無自覚ざまぁ～

発行　2023年1月25日　初版第一刷発行

著者　徳川レモン

イラスト　riritto

発行者　永田勝治

発行所　株式会社オーバーラップ
〒141-0031　東京都品川区西五反田8-1-5

校正・DTP　株式会社鷗来堂

印刷・製本　大日本印刷株式会社

ISBN 978-4-8240-0391-1 C0093

【オーバーラップ　カスタマーサポート】
電話　03-6219-0850
受付時間　10時～18時（土日祝日をのぞく）

作品のご感想、ファンレターをお待ちしています

あて先：〒141-0031　東京都品川区西五反田8-1-5 五反田光和ビル4階　オーバーラップ編集部
「徳川レモン」先生係／「riritto」先生係

スマホ、PCからWEBアンケートにご協力ください

アンケートにご協力いただいた方には、下記スペシャルコンテンツをプレゼントします。
★本書イラストの「無料壁紙」　★毎月10名様に抽選で「図書カード（1000円分）」

公式HPもしくは左記の二次元バーコードまたはURLよりアクセスしてください。
▶ **https://over-lap.co.jp/824003911**
※スマートフォンとPCからのアクセスにのみ対応しております。
※サイトへのアクセスや登録時に発生する通信費等はご負担ください。

オーバーラップノベルス公式HP ▶ **https://over-lap.co.jp/lnv/**